STOOD ON TIPTOE

踮起脚尖

只为离世界更近一点

≈

倾心蓝田 / 著

北京联合出版公司
Beijing United Publishing Co.,Ltd.

图书在版编目(CIP)数据

踮起脚尖，只为离世界再近一点 / 倾心蓝田著. --
北京：北京联合出版公司，2015.12
ISBN 978-7-5502-6815-9

Ⅰ. ①踮… Ⅱ. ①倾… Ⅲ. ①随笔－作品集－中国－
当代 Ⅳ. ①I267.1

中国版本图书馆CIP数据核字(2015)第308251号

踮起脚尖，只为离世界再近一点

作　　者：倾心蓝田
责任编辑：徐秀琴
封面设计：仙境

北京联合出版公司出版
(北京市西城区德外大街83号楼9层　100088)
三河市南阳印刷有限公司　新华书店经销
字数100千字　880mm×1230mm　1/32　7.5印张
2015年12月第1版　2016年01月第1次印刷
ISBN 978-7-5502-6815-9
定价：35.00元

Contents 目　录

第一集：越努力，才能越幸运

世界很大，社会很现实，你是否足够勇敢？是否已经羽毛丰满？勇敢一点，再勇敢一点，你会发现，现实虽然很残酷，但只要用心，你会距离梦想，越来越近。

目 录   **Contents**

第二集：愿世界温柔待你

这些年，你有坚定不移地为了自己想要的生活去奋斗吗？成长路上，是不是也遇到过很多困难，有多少次都想放弃，最终还是坚持下来了？因为我们相信，希望就在不远处。愿世界温柔待你，他日，你能拥有曾梦想的生活。

Contents

目　录

第三集：向着太阳，就能永远满怀希望

在北京打拼期间，遇到过很多困难，我妈总是在我遇到挫折的时候跟我说，没事，很快会过去，明天又是新的太阳。

目 录   **Contents**

第四集：爱的感悟，不忘初心

小时候一直以为，王子一定要历尽千辛万苦，才能得到公主的爱，终于在一起以后，也要经历很多刻骨铭心的事，然后轰轰烈烈地过一生才是浪漫，后来发现，爱情不是偶像剧，愿我们都能不忘初心，收获属于自己的幸福。

第一集：
越努力，才能越幸运

世界很大，社会很现实，你是否足够勇敢？是否已经羽毛丰满？勇敢一点，再勇敢一点，你会发现，现实虽然很残酷，但只要用心，你会距离梦想，越来越近。

/ 我不愿就这样缴械投降 /

A君和我一样，都是北漂，不同的是，她比我早半年来北京，截至目前，她换了四份工作，而我的第二份工作刚转正。生活中我们是朋友，但思想方面相差很多。她总是很悲观，而我总是极度乐观，以至于很多时候她说喜欢跟我聊天，因为有正能量，又害怕跟我聊天，因为总感觉自己在阴影里，而我站在阳光下，亮得耀眼。

A君的悲观用她自己的话来说就是来源于不自信和不断受挫的经历。2012年来京之后，我们都在外贸行业做国际销售，金融危机，外贸行业越来越不景气，整个行业都生意惨淡，她从一个产品换到另一个产品，始终没有脱离外贸行业，到后来她离开北京，共换了三个产品，也有业绩，但都不是特别大。最终A君在最后这家公司撑了半年，期间想过各种办法提升业绩，最终无果，辞职回了老家。回老家之前，她跟我说，太累了，在北京坚持不下去了。

　　大概一个月以后，我的微信朋友圈开始频繁有A君的消息，她兼职做起了现在很火的化妆品代购。那时候我找过她，我说在家不开心就回来，北京是一座任何时候你来，她都欢迎你的城市。A君说先在家待一段时间吧，如果不习惯不适应，再回来，毕竟都已经回去了。而代购，她说是她一个同学在做，所以自己也想试试。当时聊起来，我说成功是可以复制，但绝不能完全模仿。我圈子里确实有人做代购，甚至有人在朋友圈卖从香港买回来又不喜欢了的香水，但是那些人的圈子里，大多数人都是高层次的，有这方面的市场，而A君的朋友，都是普通人，我们谁没事会去买不知道名字不知道真假的化妆品呢？遇到这类在朋友圈、QQ空间发代购信息的，我一律友尽拉黑没商量。打了半天的广告，不仅生意没做成，还掉自己的价。A君不语，表示默认。

后来A君真的又决定回北京来，那时候我已经转行到互联网，我们曾经一起拉人写过软文，A君也有一定的文字功底，那时候我说，再回头做外贸肯定不行了，不如也试试互联网的编辑或者运营，来之前，去做一个媒体号吧，自己不会写，可以做搬运工，积累了粉丝，可以弥补自己没经验这条缺陷。A君嗯嗯啊啊答应着，直到现在依然没做这件事。因为在家几个月，钱也花得差不多了，而在北京重新开始，又需要租房子生活，很快A君就没积蓄了，于是找运营工作未遂，就找了一份办公室助理的工作。我说没关系，先留下来再说，接下来一边上班一边留心工作信息呗。时间一点一点过去，现在距离A君重返北京已经快半年了，正没积蓄的时候，A君父亲又病了，来北京看病，又花掉了一笔钱，于是A君彻底丧失了信心，跟我聊天说，感觉自己就是一个彻头彻尾的loser。其实我真有点恨铁不成钢的感觉，生活中不仅A君会遇到这样那样的困难，任何人都会，但是她每次遇到问题，都埋怨自己没能力，然后悲观，循环往复。A君说前几天去面试运营了，但是被拒，原因是HR说她不会PS，也没有新媒体资源。我说还不懂吗？PS

可以学，很容易，新媒体资源，早就让你积累了，可你到现在做了吗？有时候真不是别人不给你路走，是别人给你指路，你都懒得去走，然后到了没路可走的时候，再抱怨说我没能力我是loser。

我一直觉得心态很重要，宁可自负，不可自卑。信念、观念虽然看不到，但是很能影响一个人的发展。你觉得你行，你就行，你一直觉得我怎么这么惨，别人都怎样怎样我还是一点变化没有，那就永远没变化。A君说，从刚毕业的愤青到经历了这些事情，自信被慢慢抹杀掉了，就和中毒似的，毒已深。我说我倒觉得那时候是中毒太深，妄想将来自己开外贸公司，越往后越是解毒的过程。从青涩到成熟，从狂妄自大到脚踏实地，任何东西都是从无到有。A君又说，感觉赶不上人家，别人走一小步，自己走了好久还不及人家。我说如果你继续这样下去，只能越来越悲观，越来越跟不上。

很多人都这样，圈子小，眼界窄，看到圈里某个人很强，就羡慕嫉妒，其实世界那么大，比自己强的人太多太多。我们公司都是海归和名牌大学毕业的学生，每次聊到学历，我猜大多数人跟A君一样，会感到自卑，我不，我觉得我是外地小城的，是不知名学校的，可以跟他们坐在一起工作，我很自豪，同时也庆幸有这样一群同事，因为他们更宽更高的眼界和思想，会进一步影响我。

很多时候有人说需要打鸡血，但是总有一些人你这边给她打鸡血，她那边找这样那样的负能量来反驳你，反正在她那里你就看不到一点阳光和希望。对A君真的有些恨铁不成钢，我说别人给你阳光，你非要往阴影里钻，那如何才能带你走出来，让你变强大呢？这里应A君要求，写出北漂三年，我们因为不同心态不同观念，走出的两种人生：我换了我喜欢的工作，北漂第三年稳定了感情，和男朋友一起努力，他买了车，我在父母的帮助下在老家买了房，手里除了买房时拿的钱，还有点存款，我和男朋友在努力奋斗北京房子的首付。工作日努力工作，周末节假日尽情享受着这座城市带给我们的便利。朋友圈大多是正能量的人，我们依然在进步。A君说，她现在工作不顺心，对未来比较迷茫，感情空白，朋友圈负能量的人多一些，感觉自己不快乐，累。不过我相信，她既然让我写出来对比，一定是她走出了黑暗，开始奔向光明。

自信确实是需要资本的，但是资本是自己创造的，同一起点同一目标，不同的思想和信念，会造就不同的人生。你向着太阳，就总有阳光，背对太阳，注定永远面对阴影。其实任何时候都不晚，坚定你想要的生活，找一个既定的目标，任何时候都不放弃，遇到任何困难都不要这么轻易就缴械投降，如此，理想的生活便会越来越近。

/ 名师指路不如贵人相助 /

"在影响一个人晋升的各种因素中，工作表现只占10％，给人印象占30％，而在组织内曝光机会的多少则占60％。"
——哈维·柯尔曼

我一直都觉得，不论是职场还是生活，要想比别人看得更远，走得更快，贵人这个尤物，绝对是不可或缺的。你每天勤恳地努力工作，就一定会有人看到吗？你才华横溢，作品就一定会流芳百世吗？答案是否定的。需要有贵人提携，增加你的曝光度。有人说贵人又不是每天都能遇到，我总不能每天都在寻找贵人中度过吧？这么说来，也不无道理，但机会总是留给有准备的人。贵人也是一样，伯乐不会认定一匹每天都只顾低头吃草的马是千里马。那想要在人生途中遇到贵人，被贵人提携，需要做些什么？

2011年我大学还没毕业，但是就业方向就已经很明确了，那时候因为是英语专业，立志要做一名"二道贩子"，把中国的产品卖到外国，然后赚美金回来。

但是大家都知道，那时候毕业生就业问题很严峻，我既不是名牌大学毕业，又没有好几年的实战经验，想要让HR（人力资源）选我做员工，肯定得有自己的核心竞争力，不跟毕业N年的职场"大牛"比，至少，我得拼得过跟我一起上独木桥的同届吧？

大学毕业同专业的人简直就是一个模子出来的，你有六级，人家也六级，你懂外贸术语，人家也懂，那怎么办？想来想去，我决定从B2B（企业对企业之间的营销关系）平台入手。

我是学生，没有公司会愿意给我一个账号，更何况账号需要付费，一年好几万大洋。办法都是人想出来的，于是那时候我就走上了寻找贵人的路。有人说二十几岁的女人想要做什么，就能做成什么。我一直坚信这一点。

我加入了外贸群，一个还没毕业的学生对外贸能有多少了解？我甚至不知道外贸行业的水有多深，于是加群之后没事就在群里潜水，看大家都讨论什么问题。但我从不乱发言，因为这时候附和嗯嗯啊啊是毫无意义的，"大牛"比你牛太多，你嗯嗯啊啊只会让人觉得你是在刷屏。大概一周之后，有个新成立的外贸部的负责人在里面问，谁知道报关报检的问题，我顿时眼睛一亮。

那时候除了这种书本知识，我再也回答不上其他问题了。于是我就丢了几句从书上搬来的知识，巧的是他的问题就这样解决了。一来二去我们熟悉了，互相加了QQ。巧合的是，他在石家庄做外贸服装，有自己的工厂，刚成立外贸部。他的外贸部现在是五个人，员工外贸知识都不精，而他也不大懂，外贸这块全都在摸索，所以希望我可以多帮他指导下。

那时候他的内贸已经做得很成熟了，工厂大概有三栋楼，每栋五层，面积不小。最关键的是，他有B2B平台，有账号。于是我说，我对外贸的了解目前只止步于书本，没有任何实战经验，外贸流程和所需单证、手续我都懂，我可以讲给他听。但是，作为交换，他要给我一个账号，给我他的外贸员工培训资料，并且日后如果合适，我要进他的北京外贸部工作。

于是每周六下午，我都去电子阅览室，和老板聊各种事情，有时候他是丢几个文档过来让我回去学习，有时候是远程给我讲阿里巴巴的后台操作，更多的时候，是丢给我一个询盘过来，要我写英文的函电报价。

毕业去天津求职，我站在办公室里，面试官问我会什么，我指着他电脑屏幕的阿里巴巴后台说，这些，我都会。然后我说外贸函电、询盘报价、外贸术语，我基本没问题。于是在刚出公司门不久，我就接到了Offer。

我不去老板的公司是有理由的。第一是他再大，也是男人，我再小，也是女人，熟悉的上下级关系对我没任何好处，不能冒险。第二他跟外贸部那时候还不是很成熟，除了样品单，基本没有长期订单。后来我入职新公司之后很久没和他联系，他还说我"有了媳妇忘了娘"。

那时候入职一个月我还没订单，并且没有任何进展，他说你要是两个月还没有订单就赶紧转行，外贸不适合你。吓得我接下来那个月每天去很早，每天跟踪客户，终于在第六十天拿到样品单，算是完成了任务。他算是我人生中第一个贵人，忘年交。我后来到北京，推荐同学去他公司的时候，见过他一面。两人一点不陌生，他可能是唯一会被我一生都喊做"老板"的人了吧。

试想当时没有他，可能我就要在外贸这条路上多摸爬滚打一段时间才能入行，从学校到社会，很顺利地入职得感谢他。

2013年下半年，因为空间日志，有个友邻关注了我。在元旦那天，我玩得正high（高兴），突然接到他的QQ消息，问我："不写个年底总结？"我受宠若惊，毕竟是不认识的人，却因为你的文字关注你，这是一件特别美妙的事。我当天晚上就写了一篇总结，后来机缘巧合，发在她理财网站，还获了奖。

之后我就觉得，文字这东西原来可以带来关注。可能是因为虚荣心，我开始在豆瓣频繁发文章，出乎意料，关注度大涨。豆瓣是个不同于微博的社区，微博可能有僵尸粉，而豆瓣，都是实打实的真粉丝。我跟友邻没怎么聊过，甚至不知道他姓甚名谁，但是我却从心底感谢他，他算是人生路上第二个贵人。如果没有他，也就没有现在坐在CBD写字楼里的我。我在空间发布日志，他就会评论，然后我就美半天。后来我说等合集出版了，我要请他吃饭，必须请！

2014年4月份，那时候我刚搬到新家一个月，每天不开心，因为挤公交地铁上班不知道自己为了什么。然后前东家公司里一个员工跟我说："你那么喜欢写，要不要去试试编辑？你的理财征文不是获奖了吗？他们在招聘编辑。"他算是我职场路上第三个贵人。我求了链接，关注了招聘信息，但当时有家出版社的主编跟我说："如果做了编辑，可能日后会少了写作这个兴趣。"

我放弃了做编辑，心想，要玩，就玩个大的。我发了简历，写了自己的求职意愿，投了毫无工作经验的运营策划。投完我就觉得心里没底，圈子里倒是有几个懂技术的，但是他们不懂运营。

我平时除了玩豆瓣，还玩知乎。知乎有很多"大牛"，我喜欢涉猎面广的"大牛"。那时候加入了一个知乎群，进群的时候群管理跟我打招呼欢迎进群，我说谢谢（提裙摆），他说好活泼的妹子。群管理自然要比普通群员受关注，我直接复制了昵称去知乎里搜主页，看了下，初步判断，是涉猎面很广的"大牛"。后来熟悉了，一起吃饭看电影，玩得不亦乐乎。

但是我们没聊过工作的事，我只知道有段时间他跟人一起创业失败了，后来进了联通，具体做什么不清楚。后来他住的地方拆迁，就搬来我楼上住，成了邻居，却还是没多少交集。再后来，因为我要面试，在家里对着镜子一遍遍演练面试会出的问题，但是越练越乱，到最后毫无思路。我在QQ上问："阳仔你懂运营吗？"他谦虚地说："略懂。"我说："OK，我上去请教你。"然后他拿着纸跟笔，跟我把运营串了一遍。

　　我大概有了思路，他说："你作为用户，对这个网站怎么看？"我说："我觉得做得不够好。我觉得有两点，我希望是如何如何。"他说："太赞啊，你能想到这个不容易啊。"我这个人禁不住夸，然后当场就美翻了，我说："真的吗？这个我可以给HR提吗？"他说："必须可以，明天去了，记得一定要把想法跟HR说。如果通过，就算是加入互联网行业了。"

　　如此，我有了信心。第二天雄赳赳气昂昂地就去面试了。入职一周后，主管休年假，我跟着另外一个部门做推广，随便翻看QQ的时候，看到阳仔QQ签名写着求合作。我心想联通求什么合作，于是发信息过去问："你们求什么合作？我们也在求合作。"他说："求抱大腿啊！"我说："你先别抱，你是做什么的？"他说："联通某部门产品经理。"我："这么大的事你为什么不告诉我？快来抱大腿。"在此之前我俩很少聊工作，后来因为合作，他来过我公司，就觉得这一切简直太神奇了。

　　行业内的人都知道，运营和产品经理很多东西是相通的，所以可以请教的地方真是太多了。所以经常是，我："阳仔请教个问题呀？"阳仔："我行吗？"我："相信我，你可以的！"然后就变成了上课一般，他讲我听着。

偶尔，带着西瓜上去，我说："阳仔吃西瓜！"然后边吃边各种问题丢过去。有时候觉得，自己能力有限，能看到的东西也就有限，但是有些人能帮你打开一扇门，或者一扇窗，凭借那个人的帮助，你就可以看得更远更广。

运营对我来说是全新的行业，因此需要学的东西简直太多了。于是我问："阳仔你说我要补充什么知识？"他："其实在这条路上，你要学的还很多，慢慢来。"我说："阳仔，PS和AI你有书吗？借给我看看。"他丢一个链接给我，说："去学。"

故事讲到这里差不多结束了。贵人吗，既然是贵人，遇到了，就一定要珍惜。如果别人提携你了，不要忘记在对方需要帮助的时候，也搭把手。你能力有限，别人也不是神，总有弱势的一面。

人这一生真的很长，试想漫漫长路，只靠你自己默默低头努力，那确实太难。聪明地工作，也要聪明地生活。奋斗的路上，不要忘记去发现那些贵人，说不定他能让你少走很多弯路。并且，在你力所能及的范围内，能成为别人的贵人，也未尝不是一件好事。

/ 成功的路，开始于坚持 /

朋友A一个月前兴冲冲地找到我，说她的合租舍友搬家，免费送了她一个尤克里里，还特别贴心地送了她调弦的工具和拨片。她找我是想问，圈子里是否有认识的老师或者会尤克里里的朋友能教她入门。当时很巧的是，刚好有一个朋友在北京一个培训学校租了一间房子做乐器入门教学，其中就包括尤克里里，朋友说既然都是朋友，直接过来就好。晚上一起约吃饭，算是认识了。吃饭的时候朋友A还端起酒杯敬了那个培训的朋友一杯酒，大概意思是，从下次课开始，自己就跟着他学习了，以后还需要他多指点，培训的那个朋友一向大大咧咧，不计较什么就应下了。

　　就在前天，朋友A找到我，抱怨说培训的老师就给了大家一人一小本自己写的教材，课上的时间就用来教大家入门的弹唱手法，每天让他们回家跟着自己的教材继续练习，当时建议的是每天半小时，我问她这有什么不对吗？朋友A抱怨说课上学的就是很基础的内容，回来自己怎么练习？我又问她，你坚持去了多久？她含糊着说我去了几次之后觉得根本没效果根本学不会就没去了。如果不是当天晚上我去了培训的朋友的教室，我真的会以为是A说的那样教学不够科学，导致新手无法入门，结果我看到的是，一个月前和A一起上课的同学，在一起弹唱一首很难的歌曲。培训的朋友见我过去，立马起身出来，皱着眉头跟我说："你的朋友A啊，真是没耐心，只来了两天就不来了，我打电话给她，她说自己没那么多时间来坚持训练，希望可以给她一个更简单更快捷的方法来入门。可我哪里有什么更快捷的入门方法。我给大家发的那个小册子，是我玩尤克里里五年，自己总结的一套入门手册。我美国上大学的表弟上次回国，看到我玩尤克里里，想学，但是他马上要回美国，于是给了他这套入门教学的手册，半个月以后他跟我视频居然就能弹唱了！你知道弹唱对一个新手来说有多难吧？基本最开始大家都只是会弹，做到同一时间又弹又唱真的是很难的。我问他，那你表弟如何做到的？他说，他是真的喜欢，拿到手册回美国之后，用我送给他的尤克里里每天早上起来去公园弹，晚上下课回来再去公园弹，尤克里里本身就小，声音也很小，不易扰民，他坚持弹了半个月，开始公园里有些人对他指指点点说弹得不好听，他不管，还是坚持自己的。慢慢练得越来越好，围观的人也越来越多，昨天视频，他告诉我，居然有同龄的女孩子给他塞小纸条问是否能约他！

这我才明白，原来并不是培训的朋友教程不好，而是朋友A拿到了上好的尤克里里，有了教程和好的老师，自己却不坚持。不坚持学习导致自己一个月后还跟最初的时候一样，却认为是别人的教学方法有问题。

朋友A的故事让我想起前段时间看到的麦家的一条微博，麦家说："很多人问我写作有没有秘诀，其实是有的，我可以透露给大家，就是两句话：多读书，读书是写作最好的准备；勤写作，写作是写作的最好老师。"

当时我看到下面的评论里，有一条说的是："麦家老师，我觉得您说了和没说一样，并没有告诉别人具体的方法，到底要怎么读书，从什么书开始读起，我觉得空谈是不能给别人指导的，太虚。"正想反驳他，就看到有新的回复，回复人并不是麦家老师本人，但我想也刚好说出了我们所有明白人的心声："你若多读书勤写作，时日长久，自然便懂写作之道了。若只想写些网络文，那便简单多了，小白，多肉，狗血……甚至有人能把手授之。文学素养的累积不是快食，没有捷径可言，终得靠自身的悟性。"

我个人也很喜欢读书和写作，当然大多时候只是写给我自己。当时看完麦家老师这段话之后，就决定每天都要坚持更新两千字到自己的笔记本里。最初的几天，真是痛苦得要死。还记得前三天，每天早上醒来都没有起床的动力，因为一睁开眼睛，第一反应就是今天又欠笔记本两千字。当你决定为一件事情付出的时候，也就相对应地意味着你要失去些别的什么。比如我开始坚持更新文字之后，便不能再像以前一样，回家吃饭收拾好之后就看电视剧，而是需要先把两千字更新完再做其他。有时候没有素材，还需要从网上和微信公众号上去找素材，然后坚持把这两千字更新完。因为不擅长找素材，甚至还找了几个擅长写长文的作者请教，有位作者告诉我，如果没有素材，她就去听歌，去逛论坛，这样一来，通过别人的故事，总是能得到一些启发。我去试了下，果然很有效。三天时间很快过去，第四天早上醒来，我居然不再难受于我又欠了笔记本两千字，而是开心地起床，感到这又是充实的一天。我来公司的地铁上，也不再拿着手机瞎玩瞎看，而是冥想今天我要写的内容架构是怎样的。晚上回家因为有了架构，很轻松就完成了任务，并且是超额完成，当天我写了四千多字。从第四天开始，我就享受于每天更新文字的生活了，有时候还会因为自己写的一段话，一个人物表情的描述，甚至一句自己想出来的金句而开心好久。我很庆幸自己看到了麦家老师的微博，也很庆幸自己不仅仅是看到了，也开始把读书写字这件事付诸实践。

很多时候我们都以为自己走的这条路太艰难，于是时刻抬着头，巴望着能有人来给我们做些指导，好让我们能顺着指路人的手，一路小跑直到成功。可是呢，别人给你指路，你就一定能够顺利地走下去吗？甚至有些人，别人给他指了路，他还要怪罪别人没有手把手领着他走到成功的彼岸。别人指路，只能是站在路的起始处告诉你这条路是对的，你要坚持去走，但这期间遇到的很多问题，很多细节，需要你自己去琢磨，去摸索前行。

　　这个时代，成功的人很多，愿意分享成功方法的人，也很多，想要学习的人很多，真正能领悟到成功者智慧和指路方向的人，却很少。大多数人在别人说跑步游泳可以锻炼身体使身材越来越好就去购买全套的装备，跑鞋、运动服、泳衣、泳镜，最终结果却是没跑几天没游几次，然后过了一段时间别人问起，就说根本没效果，对自己没坚持这件事，绝口不提。

　　通往成功的路，可以有很多人帮你指明，这一路上遇到的事，也可以有很多人搭把手扶持你渡过难关，但有一点是永远不会变的，就是这条路，这些事，只能你自己去经历，去坚持，倘若指望有人来手牵手送你到终点，那你只能是当一个永远的loser，永远站在路的起始端。

/ 没有人会为你的梦想买单 /

　　约书评的群里，有个网友问："群里没有书评基础的能约书吗？因为很多次约书都没有约到。"鼹鼠的土豆回复说："很少，就算没人送书，也应该看过书吧？写个书评应该不难吧？空白页编辑没底，不愿意约。"

　　不只这一个网友，很多网友都抱怨过，为何自己约不到书。我最初在豆瓣发现可以和出版社索要新出版的书的时候，也遇到过这个问题。那还是我刚玩豆瓣不久，主页虽然有些日志，但书评页却是空的。在书评群里看到喜欢的书，去跟编辑沟通，却约不到，甚至很多时候，编辑看完个人主页，就不再理我了。后来一次约书的时候，编辑还没看我的主页就问我，你写过书评吗？我说没有，然后就又没有下文了。我那时候才知道，原来是因为我书评页是空白的，所以编辑们都不敢把新书交给我。

那段时间刚搬家，手头没有什么书，于是约了一个朋友，去西单附近的三味书屋坐了一下午，目的就是看完一本书，写书评。当时看的是林海音女士写的《城南旧事》，看完回来的晚上，写了第一个书评。第二天就拿着这篇书评去跟编辑约书，很幸运，发过去立马就约到了，我为此欣喜了好久，心想只要我坚持，以后的书，一定会越来越好约的。更幸运的是，我最初约书的几个编辑都很认真负责，我写完的书评哪里不符合，哪里写得不好，他们都会指出来，我会加以改正，如此一来，书评写得比最初好了很多。

2014年一年，约了七十多本书，最开始的时候，编辑们还会审核一下我的书评页，等我的书评积累得越来越多的时候，编辑们只扫一眼我的书评便会给我邮寄新书，再后来，有些编辑关注了我，熟悉我的文风和喜好，有适合我的书，或者有书评需求，就会主动找我，问是否可以帮忙写评。我也因此看了一系列我喜欢的书，并且还因此，扩大了交际圈，认识了很多认真负责的编辑。

昨天在书评群看到有人问我我最初遇到的问题，就想和大家分享下我的经历。你想要别人给你机会，首先就要充实自己，不然，你有什么资本跟别人要机会？

类似的事情还有两件，也拿来分享给大家。我有一个很好的朋友，也喜欢写文，我签约第一本合集之后，她问我要了编辑的联系方式，说想要投稿。之后编辑回复她邮件，内容大概是，排版太乱，甚至同一篇文章中字体大小都不一样。编辑们也很忙，不可能帮你去改正这些，打开一看就很烦躁了，更别提认真审稿了。所以当时就打回去重改了。朋友说自己很受挫，被这么严厉地批评。我当时也觉得编辑说得有点过了，但现在我改观了。你自己都没有做到对自己的作品负责，那又指望谁来替你完善你的作品呢？

今天早上，又有一个网友给我发她写的文章链接，我看完第一反应就是，跟当年的朋友一样，对自己的作品不负责。首行缩进字数都不一样，段落之间没有任何空隙，给人的感觉就是一大篇的文字扑面而来，先不说写得怎样，只这乱七八糟的排版，我就不想继续读下去了。我跟她说了这件事，她说是直接从空间复制过来的，所以也没注意。我说，你的文字很赞，能打90分，但这不负责的排版，就拉低你的分数了。对于真正爱写作的人来说，每一个文字，都是自己思维和灵感的体现，我从不会把自己随便写的东西放到这里，是因为，既要对得起自己，也要对得起关注自己的读者。不想因为自己的任何一点懈怠，怠慢了我的读者。

很多时候我们都喜欢抱怨，为何别人不给自己机会，为何总遇不到贵人。其实更多的时候是自己都没有做到最好。就像财蜜子期说的，你的努力，别人看得到，同样，你不努力，别人也看得到。尤其是写文章这种事，除了自己写，还要给别人看，如果你自己都不想看，就更不能奢求有读者喜欢你了。梦想这种事，永远都只能自己为自己买单。

/ 为成为更好的自己，
你付出过几分努力？ /

　　唐小姐是我前公司的同事，她进公司的时候，我已经在那家公司工作了一年多。来公司报到那天，她穿着很轻便的运动衣，当时因为周一大家都在忙，领导也没顾得上让她做自我介绍。午饭的时候，我在工位吃饭，刚巧快递师傅来送我买的数字油画，她见我打开，一眼看到蓝胖子的图案，就立马飞奔过来，看我买了好几个，就弱弱地问我是否能转手给她蓝胖子的那幅，她说她很喜欢。当时很直爽地就让给她了，后来我们也因为兴趣爱好类似，性格也相近，便渐渐成了朋友。后来我才知道，唐小姐来我们公司做采购，其实是为考研做准备。

唐小姐老家在湖南，大专毕业那年她便决定要考研，无奈考研政策是本科毕业可以直接考研，专科毕业工作两年以后才能考。但这并不影响唐小姐考研的决心，她说家里条件很一般，如果继续升本，可能家里负担会很重，自己出来工作两年，再考研，也有些积蓄。当时我很惊讶她的这种做法，因为大家都知道，工作以后在职考研，会难上加难，因为脱离学校那个系统学习的大环境以后，人大多会变得懒散。我把我的想法跟她说了以后，她叹气说："我开始也以为我能工作考研两不误，去年我很努力地复习，还是没考上，我的目标学校是北二外的英语专业，所以今年我干脆辞了深圳的工作，来北京找份工作，距离考研半年的时候，我再辞职。"

唐小姐在公司的工作非常出色，采购这块她比老员工做得都好，因为擅长人际交往，甚至认识了很多我们之前不曾采购过的渠道商，这也让公司领导和同事都对她表示极大的认可。正在我们都以为她会因此努力干下去的时候，她提出辞职了。我一点都不惊讶，因为她说过，即使工作再顺利，她到了时间也会辞职，因为自己有明确的考研目标。公司知道这一点后，也便不再留她，只是说让她好好复习，争取当年能考上北二外。我当时住的地方刚巧在交大附近，唐小姐为了有复习环境，就索性搬来跟我一起住。每天早上她不到六点就起床，然后怕吵醒我，每次都定震动的闹铃，有几次我听到震动醒来，见她一听到震动立马关掉，然后轻声穿衣服洗漱，蹑手蹑脚出门。晚上我五点半下班，自己做饭吃，她一般晚上十点多才会抱着书本回来，我俩聊几句，便睡下。这样的日子过三四个月，考试的时间就到了。当时我问唐小姐，如果当年没考上，是否会回来公司工作？因为她的优异表现，公司在她离职的时候说的是如果有天回来，公司无条件接受她。唐小姐笑着摇了摇头，说："其实我走的时候就想过，如果我没有考上，是否会回来。想了很久以后，我觉得我不会。我想如果今年没有考上，明年我还会继续考。考研对我来说，是志在必得的，只是时间问题。"我佩服她的决绝，也祝福她能考上。考完试回来我没有问她考得如何或者有几分胜算，而是找了我们都喜欢的一家餐馆吃饭，庆祝她终于结束每天起早贪黑看书复习的日子。

考完的第二天唐小姐就打包行李回老家了，因为马上也快过年，就没有多留她，她说很感谢那段时间我对她的照顾和收留，因为关系好，也不多说其他。次年二三月份，唐小姐给我打来电话，说如果有空，让我去北京西站接她。我电话里很激动地问："考上了是吗？"唐小姐在电话那头像是平静了很久才坚定地说："嗯，考上了！"我俩当时就高兴得在电话里又叫又笑。接她那天天气也极好，像是也在庆贺她终于如愿一样。我俩又去了那家考完去的餐馆，心情很不一般，虽然考研的人不是我，却能感同身受那种激动心情。我们回忆那段她考研复习的时间，唐小姐眼睛里有些明亮的东西，尽量平复心情后她回忆说："那时候真是辛苦，早上起很早，在交大找间教室就开始看书，你们出去玩喊我的时候，我也想去，但还是忍住了，晚上回来偶尔刷朋友圈，看到玩得开心的你们，也羡慕，也动摇，也曾想过万一我这样辛苦，最终没考上该怎么办。但庆幸的是，我真的考上了！"我俩又是一顿笑，一阵闹。

我还记得那时候公司有很多人都在质疑唐小姐，说她一定考不上，说北二外那么难考的学校，在校生都不一定能考上，辞职考研的希望更是寥寥无几。可她就是考上了。这件事还让我想起一个前不久才开始坚持健身的同学。去年冬天很多人都感冒，她也是其中之一，用了足足一个月才好彻底，病好以后，她就决定买健身卡，请私教，把自己的身体素质提高上去。请私教的原因，除了提高抵抗力，还想要练出大家都喜欢的马甲线。还记得当时她在朋友圈发了一个穿着紧身衣的照片，一米六的身高，足足有150斤。状态一发，平时不常联系的同学都出来点赞评论了，大多数人是来看笑话的，说你一个多年保持150斤体重的姑娘，再减能减到哪里去，还马甲线，快点洗洗睡吧。她也不气，因为大家说的是事实，之前吃饭挑肥拣瘦，周末在家零食也从不离口。

两个月以后，这姑娘又带图发了一个状态，马甲线，小蛮腰，以及穿着两个月前那条当时紧现在有很大空余的裤子的对比图。又是一次轰动，点赞的人翻倍，评论里开始有人流露出羡慕之情，有很多人请教健身经验，请教马甲线锻炼方法，请教如何才能在两个月的时间里就瘦得这么明显，她统一回复是：坚持。教练说了，要么瘦，要么死。后来同学聚会我们有幸见到瘦下来的她，跟之前的那个脸圆圆的身材也圆圆的姑娘简直就是千差万别。现在的她，烫了大卷，脸似乎也跟着身材瘦了很多，聚会那天她穿的上衣腰部材质是欧根纱，透过欧根纱，可以看到那若隐若现的小蛮腰。此女一来，定是成了饭桌上的热点，大家又开始各种请教。姑娘翻开菜单跟服务员说，我要一个上汤娃娃菜，然后继续跟大家说："这段时间我算是明白了，世界上根本没有舒服的美事，比如你想减肥你想要马甲线，你就不能像以前一样胡吃海喝，对美食来者不拒，而是根据私教的营养菜单来。你们一定想象不到，这两个月里有很长一段时间，我是吃清水煮蔬菜和水果当晚餐的。起初真是受不了，去超市看到肉就想吃，但私教不允许，每天测体重，不完成当日任务的话，是要受惩罚的。以前每天晚上回家立马就躺下吃零食看电视，现在，回去第一件事先换运动衣，做几组常规动作，再做50组深蹲，再……"她讲得刻骨铭心，以至于听她讲方法的同学一个个看起来愁眉苦脸，就好像这两个月受苦受罪的是自己一般。大家问，那你以后就和美食无缘了？她说："倒也不是你们想的那样，之前的生活方式，本身就是错误的，现在我吃得清淡，是因为害怕反弹，好不容易减下去，可不敢像你们一样想吃就吃啊。但私教说了，只要不暴饮暴食，美食还是可以吃的。只是近期吃饭我还是要以营养健康为主，因为，健身俱乐部有个男生约我这周看电影了，他是我第一次去健身就喜欢的类型。"大家一阵唏嘘，要知道，这个之前圆圆的女生，上学时候都没人喜欢呢。

唐小姐和马甲线女生让我更加确定，如果你想要做成一件事，就要坚持这个目标，不达目的，绝不罢休。在这个过程中，你也许会吃很多苦，受很多罪，甚至要排除万难，撇去一切诱惑，才能向着那个既定的目标一路狂奔。人人都知道，终点是美好的，只是因为路途太艰辛，过程太难熬，成功的终点，便不是所有人都能到达的。扪心自问，为了更好的自己，我们付出了几分？

/ 她身上有光 /

你们见过身上有光的女孩吗？我见过。

北京的夏天，说来就来，柳树一天一个样，桃花樱花也是竞相盛开，生怕自己落下了。一个月前的周末，我们就趁着春末夏初这个不冷不热的季节，组织了一次陌生人野餐。为什么说是陌生人呢？因为来野餐的人，是由一个人在朋友圈发起的，感兴趣的朋友，可以继续转发这条朋友圈，也可以喊自己身边的同学朋友一起来参加，被邀请的同学，又可以继续邀请其他人，如此一来，被组成的野餐团队，就变成了一场陌生人之间的聚餐。你可能认识几个人，但绝不会认识所有人。这也让那次聚餐变得更加有意思起来。

野餐规定，每个人都要带至少一份自己做的美食，或者3包买来的零食。到齐之后，我们被分成3组，每组10个人。我和菲菲一组，而菲菲也就是我说的，身上有光的女孩。

那天我们几乎所有人都只带了零食和水，有几个讨巧的男生来得比较晚，在公园门口给大家买了可爱多冰激凌，得到了所有女生的一致好评。我们以为这就是这次野餐的高潮了，结果是，菲菲吃完可爱多，不紧不慢地打开自己的野餐包，一股浓浓的紫菜包饭味道扑鼻而来！和菲菲一组的人都觉得自己赚到了，而没有和菲菲一组的人则抱怨命运不公平，菲菲浅笑着说，这次做得不多，但足够每人3块哦。于是菲菲就在大家热烈的掌声中把寿司分发下去了。

大家吃完意犹未尽，但看着空空的寿司盒，也只好作罢，期间几个男生带了女朋友，纷纷"教育"女生说要向菲菲学习。我们玩了几轮游戏之后，时间很快就到了下午四点。很多人都去卫生间了，也有一些去洗手，菲菲又拿出一个包，让大家把带来的水果洗干净放过来，她带了刀子和沙拉酱，给大家做水果沙拉。大家又是一阵欢呼，如果你以为这就是全场高潮了，我就不会说她身上有光了。吃完水果大家开始小坐闲聊，菲菲又打开了她那个像机器猫的口袋一样的包，拿出包装精美的小饼干分发给在场所有女生，说这是这次特意为女生们做的，没有男生的份哦。女生们感到自己被关照，自然都开心得很，男生呢，也仅是表示羡慕女生有如此的福利，却没有半点怨言。

菲菲跟我原本不认识，我俩后续的交集，完全得益于我当时带去的那本《微尘众》，那是一本蒋勋写红楼梦中小人物的书，菲菲看到说想借，也就有了我俩后来的故事。一日她看完那本书，喊我去她家小坐，说要做饭给我吃，大家都是北漂，时间久了，也便混了个自来熟，于是我也不推脱，买了简单的水果，便去了。

进门就被惊到了。菲菲住的房间，是合租房里的次卧。她说自己薪资一般，主卧压力大，次卧虽然不大，却也足够她自己住。房间干净整齐，进门的地方有一块小熊的地毯，可爱又俏皮。菲菲招呼我进屋坐，并拿来一双粉色的拖鞋，拖鞋很舒服，却是市场上不常见的，菲菲见我盯着拖鞋看，就解释道，那双拖鞋是她去年冬天闲来无事的时候，自己做的。如果我喜欢，可以带走，她还有两双。我特别惊讶，因为虽然市面上没见过，但精致程度却完全不像自己DIY的。

　　菲菲的房间是正南，中午吃饭的时候，阳光刚好打在桌子上，暖洋洋的，她做了三菜一汤，汤是用小火慢炖的蘑菇汤，她说养胃又营养。下午我们收拾好，坐在房间里聊天，我又看到了她窗台上养的多肉植物，一大排，很多品种，其中有一小盆，像是刚刚动过土。我正欣喜地走过去看，菲菲边拿酸奶给我边说："这盆是送你的哦，我养了很久，挑了几个给你拼了一个盆栽，希望你会喜欢，好好照顾哦！"我欣喜之外更多的是感动，因为我仅仅是借了一本书给她，她后来跟我解释说："人与人之间的缘分就是这么奇妙，有些人你认识很多年，却深知不会有太多交集，有些人你只见过一次，就有一见如故，想要成为一辈子朋友的感觉。你是后者。"

后来结识的时间越久，越喜欢菲菲这个温暖细腻的姑娘，她除了会自己DIY，会煲饭做汤，还喜欢读书，看展览，月薪不是很高，却足够过上有品质的生活，但你仔细观察会发现，她从不买奢侈品牌的衣服，她有自己的一套穿衣风格，她说她只买对的，不买贵的。

我经常跟别人说，她身上有光。我还认识一个姑娘，可谓是菲菲的反面了。每次我说菲菲身上有光的时候，她总是喜欢说："都是因为她月薪高，要不她怎么会过那种有品质的生活。"相比菲菲，她总是很悲观，喜欢从狭隘的一面看人生。起初我还经常解释说菲菲刚来北京的时候，也是薪资很低，但她还是会让自己活得很自在，在仅有的经济水平里，努力过好自己的日子。因为我看过她曾经的照片，房间比现在小，却依然温馨。反面姑娘就喜欢说，那也是装的，为了大家都羡慕她，私下里，不知道多苦呢。

反面姑娘、我、菲菲，刚巧三个人都是来京三年，反面姑娘是唯一一个现在依然没有交到很交心朋友的女生，也是唯一一个，薪资没有太大变动的女生。

　　我时常在想，太阳是公平的，它照耀着所有人，只是如果你自己永远向着光，那你就会带着光，像菲菲一样，如果你时常面对阴暗，甚至不愿意去看，去相信光，幸运、乐事，也便很难光顾到你了吧。

　　愿我们都做一个身上有光的女孩。

/ 做最好的自己，
才能遇到最好的别人 /

"与其每天期盼着能遇到一个梦想中的男人，不如自己变成梦想中的那个人。只有自己够优秀了，才能有资格遇到未来最好的那个Mr Right。"好友晓雯如是说。

大学毕业工作两三年之后，我们几乎所有人都按照家人和朋友的期盼，结婚的结婚，恋爱的恋爱，只有晓雯依然高傲地单着，她说自己不恋爱的原因是，现在的圈子里，没有一个可以配得上自己的男人，并且这么多年，也并没有一个男人想要自己未来和他生活在一起。

　　说这话的姑娘，是我的好友晓雯。她并不是没有恋爱过，也并不是从一开始就持这个态度。大学的时候，晓雯有一个对她很好的男朋友，两个人也算是神仙眷侣，但在大四的下半学期，大家都开始找实习工作的时候，晓雯的男朋友突然告诉她，自己要出国读研了，家人希望他未来可以留在国外。晓雯听到消息的时候，感觉像是晴天霹雳，但很快她就接受了这个事实。

　　大学的时候，晓雯是一个很依靠男朋友的人，任何事情都喜欢交给男朋友去做。大四男朋友因为出国变成了前男友，晓雯也就转变了恋爱的态度。她觉得男人靠不住，自己辛辛苦苦培养了四年的男人，出国以后就不属于自己了。但晓雯依然相信爱情，她理解前男友的做法，因为二十二三岁，大家都不稳定。

　　从那以后，我们任何人恋爱，分手，结婚，晓雯都淡然想看，该随礼的随礼，该参加婚礼的参加婚礼，就是不对任何男人动心。毕业以后，公司也有几个男生对晓雯表示爱慕，但她始终没有答应，她一直都觉得，自己还不够优秀，还没有达到自己想要的高度。而圈子里现有的男生，也没有她喜欢的。

当我们所有人都结婚生子恋爱约会的时候，晓雯选择去参加培训，健身，甚至参加住处附近的英语角，正当我们所有人都以为她要孤独终老的时候，她群发了消息给我们所有人，说自己恋爱了，要我们祝福她。

大家为了庆祝她单身三年之后终于又恋爱，组了局吃饭聊天，期间晓雯带了自己高高帅帅的男朋友，艳羡之余我们问起他们的故事。原来晓雯现在的男朋友，是在健身房认识的，男生也并不是最初就喜欢上晓雯了，大家都在一个健身群，每天一起健身，没多少感觉，私下里也没有交集，而男生每天刷朋友圈的时候发现，这个单身的女生跟其他女生有点不同，她工作日会晒自己早起做的早餐，周末也不会晚起，偶尔做个烘焙做个美食，都会晒在网上，晓雯还养了一只猫，她曾发过猫的图片，配的文字是：希望未来的自己，可以像自己的猫一样，自得其乐，独立于主人，即使自己在家，也可以有属于自己的小幸福。

后来男生在私下里听了一些关于晓雯之前感情的事情，更对她怜爱起来。于是一来二去，便喜欢上晓雯了。

我身边的很多单身，都在抱怨命运不公，为什么没有遇到一个极好的男人来跟自己相伴，却从来没有想要把自己变得足够好。

办公室里一个姑娘，没事的时候就喜欢问我，你说未来找个什么样的老公好？是跟自己的性格相符，还是不同于自己的性格，好两个人互补？为恋爱做的唯一一件积极的事情就是依然相信爱情会降临，每天幻想未来的爱情和爱人会是怎样，却从不付诸行动把自己也变得更好一点。

晓雯和办公室女孩，是生活里两个很常见的例子，我一直认为，努力的人，永远都会被各种幸运所照顾，不努力的人，也只能停留在幻想阶段。所以，恋爱也是一样，在没有遇到那个对的人之前，做好自己，让自己变得更好。

/ 无论是生活还是工作，
我都保持着一些好习惯。 /

1.做一只时刻保持好奇心的猫。

　　最初接触豆瓣是因为来京以后经常去电影院，为了在看电影之前就知道这部电影是否值得一看，每次电影院之前都要看影评，后来发现影评写得好的除了时光网就是豆瓣，于是百度豆瓣并注册。再后来又发现豆瓣居然有那么多功能，于是开始穷尽其所能地玩豆瓣。豆瓣首页总有些值得读的文章，读文章的过程中，总有些新词新事物不懂，我一般会一边读一边百度。

　　就像后来接触知乎，是因为程浩这个人，他的帖子写得很好，我看评论的时候，下面写满了一路走好，于是为了看为什么这样写，跟踪原帖到了知乎，才知道，他已经去世，于是又玩起了知乎。我去知乎的原因是，你可以不会开飞机，但是只要你想了解开飞机，你就可以找到开飞机的大神讲他开飞机的故事。

　　知乎上放眼望去，到处都是各行业的大牛，有人说，为何要去看跟自己行业不相关的内容？因为自己太无知。你可以不做，但是不可以不了解。不然某天饭局聊天你都会发现你没有任何的谈资。如果实在不喜欢到处搜罗新鲜事，可以直接下载一个知乎日报，地铁公交上别再只是跑酷和神庙逃亡了，那些真的没有任何实际意义。知乎日报上面都是每日热门帖子，我感觉挺有意思的一个板块是：瞎扯——如何吐槽，因为这里的大神大脑跟人长得不一样，看完哄笑过后你往往会回味，哦，原来还可以这个角度想问题。

　　2.广交益友，无论什么渠道。
　　很多人说"我圈子小，我没朋友，我喜欢宅着，我家里没关系没权利，所以我混成现在这样。"其实我想说你若没爹可拼，就赶紧放下这拼爹的姿态，立马去学习，立马去交朋友。你指望别人给你建立一个对你有利的圈子是不可能的。刚说到豆瓣和知乎，两个我用得最多的社区。经常有人说，你自己是什么样的人，就会认识什么样的人。知乎那么多大神，你大可以私信给他，请教各种问题。

知乎有自己的群，你也可以偶尔冒个泡，让大家记住你，日后熟人好办事。也许你在工作学习中帮不到他，反倒是你一直在向他请教，但是同在北京，同为北漂，总有你能帮到别人的地方，例如你刚好比大神更知道哪里租房子合适。有人问我，给你豆邮或者聊天你都耐心回复吗？这里得说，怎么可能！我有我自己的生活，当然看到积极向上的豆友我还是会耐心回复，还曾经听一个女豆友讲她的故事到深夜一点多。但是，也有不耐烦立马骂走的情况，例如有人说蓝田我好无聊啊，生活没有意义，一看年龄跟我差不多，我就立马开启傲娇泼妇模式，说：不好意思，我不喜欢跟无聊的人聊天，然后对方就"哦"一句，灰溜溜地走掉。不知道其他人如何，我看到年纪轻轻就说无聊的人（除了闺密吐槽情况），我就神烦。所

以如果你想要问什么生活职场问题，一定要表现得积极向上又
谦卑，再去私信别人。

3.任何兴趣爱好都可能成为日后的一个机会。

我是怎么加入现在公司的？①其实半年前我只是她理财网
站的用户，那时候我就是一个理财小白。无奈数学不好，去了
很多次建行，大堂理财经理怎么讲基金股票我都听不大懂，后
来便开始在网上找理财方法，就接触到这个网站了。网站本身
是女性理财网站，里面有很多财密分享自己的理财方法，都是
通俗易懂并且容易上手操作的。于是每天没事便刷，成了他们
的忠实用户。后来他们发征文，我投稿并获奖了。②其实最该
感谢的是豆瓣。因为当时接触她理财也是在豆瓣。后来因为一
篇文章被很多网友喜欢，被很多网站转载，有了一定关注度，
再后来被网易自媒体编辑拉去注册了自媒体，现在也有了一定
关注度。然后我有个朋友是技术，看到内推网她理财在招聘，
于是就问我要不要来试试。再后来就投简历，面试的时候，作
为用户，提了两个建议，然后就零基础被录用了。来公司才发
现，我最小，最没经验，一切都从零开始，但是真心感谢公司

能给我这个机会，让我接触到一个新的行业，也想对读文章的你们说，如果未来有这样的机会，一定放低姿态，去学习，去请教。有句话说得特别好：智慧是会流动的，当你放低姿态，向别人请教学习，智慧就会流向你。共勉之。

4.不忘初心，不忘梦想

大二的时候，我读了好多关于职场的小说，但凡提到北京，就会说起大北窑，也就是经济圈CBD。那时候我就想，未来我一定要穿梭在CBD的大楼里，在有着大大落地窗的高层办公楼里面工作。可能对于有能力有学历的人来说，这不是难事，但是我当时刚毕业，由于资历尚浅，这些只能是梦想。但是在你不断走，不断看，不断发掘机会的过程中，渐渐就会发现，你离梦想越来越近了。今天是我生日，二十四岁，从没有一个生日像今天这样有意义。早上乘公交地铁来公司，在肯德基吃早饭，然后到公司办理入职，被人事带着看公司环境，介绍同事认识，然后见到非常nice的老板，中午又和运营部的同事聚餐，在新光天地吃饭，到处都是世界名牌品牌店。那种穿梭在梦想中的地方的感觉，由于才疏学浅，除了开心之外，实在没有更多言语可以形容。

　　大学的时候，一个同学说，只要你坚定你的脚步，全世界都会为你让路。我是信了。前段时间还在一个豆友帖子里看到尼采的一句话，大概是说，对待生命你不妨冒险一些，因为好歹你要失去它。这也是我想说的，很多人为了稳定而稳定，其实更多的时候你该想一想，现在你过的，真的是你想要的生活吗？当然，你可以选择做一个普通人，但是把普通人的生活过得精彩也需要努力。

　　所以，当你不开心，想要生活更加丰富更有意义的时候，停下来，歇歇脚，整理好心情，再次信心满满地出发吧！

/ 频繁跳槽咋的啦？！
有能力的人才不稀罕什么铁饭碗 /

大多公司年终奖会在年底或者次年年初发，所以很多人选择在春节过后跳槽，于是二三月份就变成了各大城市的跳槽季。

我有个朋友是做城市规划与设计的，期待很久的年终奖没发不说，还因为回来上班的时候赶上大雪封路晚来两天扣了两天工资，这还不是最主要的，公司说效益不好没有年终奖所以给大家每个人开工红包1000元，结果他因为晚来，红包也不给了，同学一气之下选择了辞职。这一辞不要紧，家里和朋友圈都炸开了，可能是因为家人都是小城的，所以统一皱着眉头瞪着眼睛问她为何这么冲动！说这是一份多么稳定多么好的工作你怎么说辞就给辞了？！还有不少老家贴心闺密打来电话说她太不理智了，现在工作多不好找云云。只有我们少数几个在北京工作的同学支持她跳槽。

在我看来，工作永远都是双向选择，公司需要有能力的员工，员工也需要跟自己兴趣爱好以及工作能力匹配的薪资福利。二者有一方不满足，就没必要继续合作了。我支持同学辞职跳槽的原因是，她能力很强，在公司里承担很多的工作任务，却因为部门主管喜欢把她所做的工作据为己有，向上层做工作总结的时候从来都说是自己做的，从不会提及同学，所以她也得不到应有的待遇，在公司做了两年多只涨过一次工资，涨薪额度为300元。跟她同水平的同学薪资待遇最低也是她的一点五倍，她之前一直没有辞职，是因为她以为只要自己努力，终有一天会被领导看到，结果年后的事情彻底让她寒了心。

昨天接到她电话，说找到工作了，公司比之前的小一些，薪资待遇比之前高两千多，五险一金跟之前一样，但是变为14薪，过年过节福利齐全，做得好还有期权。最主要的是，他们这个公司部门是扁平结构，也就是说，除了部门主管以外，其他员工都是平级，部门主管可以直接考核并核定他们的工资。老员工说基本是一年涨一次薪，她很满意。

昨天看到朋友圈有一条分享《频繁跳槽咋的啦？谁说啐谁一脸》，很有感触。其中有一段提到"作为一个业余HR，我想恬不知耻地说一句：要啥自行车啊？谁招新人的时候都没指望某人毕业就当大拿，操老板的心拿扫地大妈的钱……我们大约就只想招个听得明白话的、学习能力强的、有些责任感的'小鲜肉'而已。"所以你看，有很多职位，HR才不在乎你是否有足够的行业经验，而是看你是否有学习能力，一个零基础爱学习，能够在短期内把分配的工作与职位要求做得很到位的"小鲜肉"，远比一个职场经验三五年，却只会抱着自己原有的那一套理论而不求进取"肉干"要受欢迎得多。

有人曾跟我倾诉说自己对现有工作不满意，但是不敢跳槽，因为才在这个公司干了不到半年，害怕面试的时候HR因为自己的频繁跳槽而拒绝他。刚提到的那篇文章里说"狂跳槽不会被拒，狂吐槽倒不好说"。细细想来真是如此，如果已经知道这个公司不适合自己，没有任何发展前途，也没有学习的空间，那为何不及时止损，离开去寻找新的天地呢？难道非要在一个明知道是坑的坑里摸爬滚打个几年，遍体鳞伤的基础上看着同级别的同学都飞黄腾达了再做出选择？当然，如果离开一家公司是因为这家公司的平台不适合自己，去面试的时候，当然不该吐槽离职的这家公司有多么糟糕，因为你的HR很可能会想到将来有一天如果你离开公司，在别人面前，一定也会这样说他的公司。网上对离职原因的巧妙回答有很多种，这里就不一一赘述了。

除了上面两点，最让我受益匪浅的一段话是："没必要一个职位干到老，因为没有这样的职位。你要证明你是一个有源源创意、能不断汲取和进步的人，这样才有更多的机会。所以，不要再为跳槽太快什么的困扰了，既然是三个月能学会的技能为什么要浪费三年甚至十年的时间在上面？"很多人都会有这样的困惑，在一个职位上做了快一年，但已经做到极致了，这个工作岗位的薪资待遇也就这样了，如果想要有更好的发展，需要自己突破瓶颈，跳到另一个职位去，而这个职位需要你学习一些新的知识来满足岗位要求，这个时候会有很大一部分人选择在原职位上继续工作，只有少部分人会跳出来，换一份更高要求的工作，然后在原有工作基础上，去学习新的知识，我想这也正是毕业多年之后，同样学历同样起点的同学差距越来越大的原因吧。

时代变了，当很多人还在捧着自己的铁饭碗傻乐的时候，另外一部分人早已经把目标定为"到哪里都能活和早日实现财务自由"了。铁饭碗是给喜欢安稳生活的人准备的，而跳槽却可以给喜欢不断创新不断学习的人提供一个新的平台和机会。看了下同学更新的朋友圈状态，她用自己的实际行动证明了自己：频繁跳槽咋的啦？！有能力的人才不稀罕什么铁饭碗。

第二集：
愿世界温柔待你

这些年，你有坚定不移地为了自己想要的生活去奋斗吗？成长路上，是不是也遇到过很多困难，有多少次都想放弃，最终还是坚持下来了？因为我们相信，希望就在不远处。愿世界温柔待你，他日，你能拥有曾梦想的生活。

/ 愿你被这世界温柔相待 /

　　周五约了马上大学毕业就要进入社会的表妹一起吃饭看电影，她家是北京郊区的，虽然不富裕，却也是按照富养女儿的方法养大的，从小不缺吃穿，因为是家里的独生女，马上要进入社会，家人不免有一些担心。

　　表妹自己反倒一脸轻松，只是偶尔想起来马上就要进入社会，再不会有人对她像老师对她那样好，也再不会有人像老师那样手把手教她知识，想到入职后公司老板可能会很严厉，同事也可能有些不那么容易相处，就有点小紧张。

　　约她在国贸附近的万达见面，在去见她的地铁上，碰到几个刚来北京的民工。不知道是自己本身来自小城的缘故，还是总觉得他们和我一样，都是北京最基层的打拼者，每每遇到，都觉得格外亲切，所以但凡被问路，都耐心回答。我站在角落里看书，他们几个踮着脚尖伸着脖子看不远处的地铁线路图。然后其中一个二十八九岁的青年看向我，我抬头问，您是不知道怎么坐车吗？他摸着头憨憨一笑，说是的。听他们刚讨论的是去西直门，于是跟他们说，二号线是环线，但是这个车，到积水潭就停了，你们需要在积水潭下车，然后原地等下一趟地铁，坐一站地，到西直门。他们几个听了纷纷点头，说好的好的，懂了。然后我就低头继续看书，到建国门，我合上书准备下车，马上迈出去的时候，听见刚问路的人大声说着再见，我回头，看到他隔着人群，挥舞着手臂，开心地冲我笑着说再见啊，顿时觉得世界真美好，工作一天的疲惫心情一扫而光。你看，你温柔地对待世界，世界便也会温柔地对待你。

　　倒了两趟地铁，终于见到表妹。表妹穿了一身清爽的衣服，背着一个玫红色的双肩包。吃饭期间，她忧心忡忡地说，自己马上毕业了，感觉突然没了方向，不知道要做什么。她说自己大学学的是财经专业，日后的方向应该也就是会计和财务，但对未来的职业规划，并没有一个清晰的认识，也不知道社会到底有多险恶。

我觉得很多小姑娘是偶像剧和科幻片看多了，所以总觉得出了象牙塔，就再也没有安全地带了，并且二十几岁的人，总是想着三十几岁的事情，很多事情根本不是那个年纪该想的。当然，每个人都会有这个阶段，包括我。

所以我给的建议就是，刚毕业，很多事情没必要操之过急，选择一个你认为能学到东西，最好是对口的专业，先去做，其他不要管。选择对口的，是为了大学四年所学学有所用，至少大学没白读。并且对口的专业，可以让你在前两年里最大地实现自己的价值，大学几年学的都是书本知识，真正实践起来，还是跟所学有偏差。两年时间用来适应社会，学习社交，为人处世，足矣，而其他都不需要考虑。就我个人来说，刚毕业的时候，选择的外贸进出口，因为这是我的专业，两年中实践大学所学，并且两年可以把行业基本摸清，从而知道自己是否喜欢以及适合这个行业。最初接触社会，你了解到的行业很少，并不知道你能做什么也不知道什么岗位适合自己，所以能做的就是，找到一个对口的可以尽快上手的工作来适应社会。

表妹说，我觉得你毕业以后就很顺利，难道你没有迷茫过吗？刚毕业的时候，大家都像刚刚睁开眼睛看世界的婴儿一样，对任何事情都感到好奇，也期望自己能以足够快的速度成长、成熟。但人都会迷茫。我刚毕业的时候，羡慕工作几年的人工资高于我，羡慕别人为人处世的能力比我强太多，然后心急得直上火。

我承认我是个急于求成的人，不过这几年也变了很多，比如终于明白很多东西只能时间来给你。两年前你想要某些东西，你就有计划地去生活，两年后你会发现你当初想要的，不知道在什么时候，就都实现了。还记得刚毕业的时候，同学说我，生活太过计划，学车的时间，工作的安排，以及薪资待遇的调整，都有具体的时间计划。那时候我甚至怀疑自己，是否过得太辛苦，不该如此。到今天，我能百分百确定地说，当初的一切，坚持得都有意义。未雨绸缪，任何事都比别人多想一步，才能比别人走得更稳，更快。

想起前段时间收到的一封邮件，有一个网友毕业两年多，感觉生活和工作没有一样是自己想要的，因此更加迷茫，工作也不愿意付出很多努力，生活也觉得越来越没有希望。我认为很多事情都是自己造成的。所以针对于已经毕业两年以上的人来说，我基本都会建议去考虑当下工作是否值得继续做下去。如果不值得，就趁年轻，立马求变。至于怎么变，那就要看你自己这几年的兴趣、能力所在。如果你只是求变，而没有大方向，那就建议你多去和身边的朋友、同学多交流学习，有时候把自己困在一个小圈子里，真的感觉像是变成了聋子、哑巴。我身边有很多大牛，我总喜欢时不时地去骚扰他们，不然总觉得自己要脱离这个快速发展的社会了。你们也一样，经常跟有思想的人交流，自己的视野也会变得更开阔。前东家的经理曾在我刚入职的时候说，毕业后的第一个五年尤其重要，这将决定你三十岁以后的生活质量。所以，还等什么，不满意，就快去改变吧！

　　未来的路很漫长，不要急于求成，就像我说的，有一个大方向，然后认定一条路，认真走下去，某天你就会发现，前途并不像你想的那么渺茫，它会在你认真努力之后，变得豁然开朗。在此也分享下一个同学的工作名言：不要努力地去工作，要聪明地去工作。嗯，这个需要慢慢领悟。

　　除了工作，表妹还跟我倾诉了她的感情生活。包括很多来信的网友，大多会哭诉自己的感情经历，还有一些网友来信说看《相见恨早》那篇文章看哭了，表示有共鸣，表示懂我，表示安慰，更多的人，是祝福之后，讲述自己的故事。诚然，每个人都有过去，每个人的初恋都难以忘怀，但是并不代表初恋之后我们就失去爱人和被爱的能力了。

　　记得有天看到一篇文章说，周迅就是一个一直怀有少女心的女人，每次遇到新的恋爱，都能百分百全身心投入，好像从没受过伤害一样，好像明天都是美好的，什么都不能伤害她一样。看完就想说真好，我们就是要做这样的女人。

　　今天回复一个网友的邮件，我问她，你是否相信缘分？

我在初恋结束很久之后，突然释然，觉得他并不是我的Mr Right。真正对的人，还在未来的路上。所以我一直走啊走，坚强地扮演我自己，爱自己，就像我在那个《终于等到你》里面说的一样，我相信正确的那个人，也正在不遗余力地走向我，而过去的人或者事，都只是服务于现在和未来的。过去的人，只是为了保护我们在遇到那个对的人之前，不受到太大的伤害而护送我们走一段，当陪伴我们走过这一段他们会放开我们，让我们学会爱与被爱之后大步向前，朝着那个对的人一路狂奔。但人生的路这么长，未来你都要携手一个人走过，所以那个对的人，也没有那么好遇到，于是你经历种种痛苦，磨难，终于，你蜕变为另一个自己，你回头看当初的那个自己，觉得幼稚，甚至可笑，而今天的自己，华丽地变成了另外一个人，某天猛然抬头，发现对面，就站着那个对的人，那个时候，你会发现，这么多年，这一切，都值得。

经历很多事情之后，感觉自己蜕变了，变得更好了，也值得遇到更好的他。并且，能足够自信地站在对方面前，与之四目相对，跟他说，你终于来了，我等了你好多好多年，他说以后我都陪着你，不会再走了。我们都有过过去，但是现在却都能依然相信爱情，也愿意相信那个对的人就是对方，更愿意跟对方一起携手去创造一个属于我们的未来。所以倘若目前恋爱失败了，无论如何，不要放弃对爱情的期待。事情过去就过去，把自己放空，把心空出来，好好爱自己，吃饭睡觉，读书写字，交朋友，直到遇到值得你爱、懂你、会宠你的那个人，那时候，请再次相信爱情吧，然后再次全身心投入，去爱，去被爱，去狠狠地幸福。

最后祝所有姑娘，未来都能长成一个常怀少女心的、满满正能量的，温婉女子。

/ 你是否过着自己想要的生活 /

　　不论是回老家，还是在北京，经常有人问我，你现在过得快乐吗？或者有人问我，帝都漂泊很辛苦吧？大多时候我都笑笑，说每个人理想的生活不同，在小城有小城的好处，上下班开着车，一会儿就到了，晚上回爸妈家，有可口的饭菜，难过生病都有人在身边嘘寒问暖，节假日出行游玩也毫不含糊。有人问道，那你为何不回小城生活？我答：因为在一线城市混，是我曾经梦想的生活。

　　过得开心与否，跟辛苦不辛苦似乎没多大关系。很多一毕业就在家的同学，听到我们北漂的人说租房，说自己做饭，甚至说自己交水电费都唏嘘不已。当我说中介跑路房东让我们搬走的时候，更是有同学表示同情并庆幸自己不在北京。其实这些在我们北漂人的眼里，根本不算什么。中介跑了，赔几个月房租，听起来或者说事实上，都真的是一件挺郁闷的事情，但是真的会郁闷很久吗？反正我不会，不是因为我有钱不怕赔，而是帝都的快节奏，让你根本没有伤心难过的工夫。中介跑了你哭？没用，能做到的就是据理力争，在自己权利确定却因为自己太弱小而得不到保护的时候，索性放下这一切，在最短的时间里找到新房子，解决问题才是硬道理。当然作为女生，偶尔也会觉得很辛苦，很难过。比如前几天，我回旧宿舍去收拾最后的小件物品，并把上下铺卖掉，回新家的时候已经九点多，着实感到累，公交换乘的时候，看到北京街上霓虹灯那么多，车灯那么多，越发感到孤独，眼泪打转就要哭的时候，一抬头，看到了两个建筑物，一个写着梦溪宾馆，一个写着梦溪食府，顿时破涕为笑，心想北京待我不薄，在我很难过很孤单很委屈的时候，让我看到两个跟我有点说不上有关系的建筑物，顿时感觉在北京并不孤单了。

　　北京就是快节奏的城市，每天上下班乘地铁公交都是常事。在老家的小城，开车半小时去姥姥家，都觉得有点小远，在北京地铁一个小时根本不算什么。有多少人每天城南城北地跑，又有多少人从东到西地穿梭。搬新家以后，我总感觉自己每天都在玩穿越，每天从北五环上车，看半小时书，出站就变成了北二环。有人觉得辛苦，也有人觉得这辛苦，值得。

　　老家的工作有限制，公务员，需要有关系；教师，接触的都是学生，环境又太单纯。其他岗位，不是职员就是柜台，自己开店做生意又不知道做什么好。朋友说喜欢北京的原因是不用拼爹，在老家，不上大学无所谓，有个有关系的爹，日后生活便是衣食无忧，在北京不一样，你有能力，你就上，没能力，早晚得被淘汰。这样的情况也就给了所有人一个几乎平等的平台，并且也激励你每天都要进步，不然就会被淘汰。我跟他们说我喜欢北京的快节奏，回去小城感觉呼吸都没有压力，反倒不适应了，并且总觉得回小城的生活，就好像是一种定式，结婚生子，一眼可以看到头，而北京却充满了无限可能。

　　也有很多人问我，你现在租房子住，甚至有很多人都在住地下室，蜗居在一个小空间里，不觉得辛苦吗？我说大学的时候，我就梦想着来北京，那时候想只要不住地下室，工资够我生活费，我就满足。现在我在北京，刚来的时候，住床位，虽然是几个人一个房间，但是也是地上的，不至于住地下室，我就很满足，后来条件稍好，自己租了个小隔断，虽然空间不大，却有了自己的小屋，更满足，现在搬到了五环，房间大，还有着自己的独立卫生间和厨房，更加满足了。工作不累，工资除了够花还有结余，周末可以去看电影，逛街，去图书馆，或者参加各种书友会，这正是我当年梦想着的生活。

虽然北漂很辛苦，我承认，遇到苦难的时候我也想要放弃，但是想想北京，想想我想要的生活，想想当初的梦想，便会继续坚持下来。我想，只要不忘梦想，便能一路披荆斩棘。

/ 交大东路 /

　　大概是两年前，我正忙于毕业体育补考和毕业论文，有时候因为一些毕业手续甚至一天要跑三个城市——秦皇岛、北京、张家口。有次回到北京的时候，被房东告知，因为管控得严，现在房子不允许租给外来非部队人员，十天内必须搬离部队大院。那时候刚来北京半年，处在没有经历什么事儿的22岁，一时间慌了神，不知如何是好。

　　事情太多的时候就只能一件一件地解决，于是我跟公司请了一周假，就拖着行李去了学校。期间托朋友帮我在公司附近看房，然后电话通知我那边的情况。再回到北京已经是下午一点，距离部队大院强制要求我们撤离就只有不到三天的时间。太阳大大地挂在天上，当时觉得这刺眼的阳光对我当时的境地是巨大的讽刺。闺密陪着我，说别担心，会找到合适的房子的。然后我们就回大院上网查附近的房子，不停地打电话去问，然后坐公交地铁去看房，看了两三家以后，都没有合适的，顿时沮丧极了。坐在西直门外的公交站旁边，打电话给我妈，我说我想回家，不想在北京了。我妈说那就回来吧，省得在外面那么辛苦。挂了电话我扭头看闺密，她一脸鄙视地看着我，然后站得直直地俯视着坐在站牌边上的我，说："真没想到你这么没用，这点破事就要回家了，那当初出来干嘛？我陪你找房子我还没抱怨你倒先想撤了？！"说完不忘白了我一眼，我顿时觉得满血复活，现在还想不出为什么突然就决定无论多难也要坚持下去。我拉着她说我们去租交大东路的那个房子吧。虽然小，但是离单位近。

交大东路算是北京二环寸土寸金的地段，我住的房子就在交大东门对面，很小，起初并不习惯自己在那么小的一个环境里生活，后来认识了其他房间的舍友，大家同龄，便一起做饭一起K歌一起过周末，有时候饿了还会在半夜一两点跑下来吃夜宵，看似清苦的日子被我们过得有滋有味。7.21大雨的时候我还拉了一个舍友出去陪我蹚水，我们穿着短裤打着雨伞，在没过膝盖的雨水里走来走去，次日看到房山很多人遇难我们都傻了，为前一天我们的行为感到后怕。后来舍友们陆续搬走，我却因为习惯了交大东路的生活依然住在这里。房间很小，却给了我大大的安全感。委屈的时候可以不顾形象地哭，看美剧的时候没心没肺地笑，甚至只要我愿意，还可以忘记自己是女生蹲在床上玩电脑，因为这里只有我。

住的时间久了，开始熟悉交大东路上的小店和店主。比如温馨发艺的阿姨，每次进门跟她打招呼她都把眼睛弯起来，然后微笑点头，那笑容感觉就像是马上要把跟她打招呼的人融化了一样。我喜欢她，在这边住了两年没有换过美发店。交大东路上有家味多美，周末睡到十一点起床懒得做饭又不想自己在家的时候，就会去那家店要几个蛋挞一杯热牛奶，一边吃一边看拖地的阿姨拖地，阳光铺满大半个屋子，我喜欢这里的面包味道。左边是一手店，偶尔也会去买个猪手啃，右边来伊份，一家零食店，种类繁多，喜欢吃他们家的金针菇和小黄鱼。隔壁有个店，是我看着建起来的，起初起了个特别洋气的名儿叫"您吉祥"，以至于每天早上我匆匆路过的时候都不忘记对北京说早安，然后看一眼您吉祥，感觉北京也在回应我的早安问候。后来这家店因为装修风格太高大上，不知道菜的价格而导致没多少人敢进去。您吉祥没落的时候对面一家春饼店火了。我觉得它开始火起来完全因为店的名字——"姥姥家的春饼店"。好多时候我从凯德坐87路回来，都能听到车上有人说去哪儿吃饭啊，然后就有人回道去姥姥家吧，下车就见他们走向那家店。我第一次进去也是被店名吸引，因为从小跟姥姥长大，所以对这家店有种说不出的好感。菜品一般，配着春饼吃就别有一番风味，有朋友来了习惯请他们来这里。哦，对了，交大南门那边有家牛肉米线店的米线也超赞，32元的情侣锅还送饮料，墙上贴满了食客们的留言，我也写过几个，等餐的时候喜欢浏览那些彩色的便签，看陌生人的故事和梦想。除了这些，我楼下还有个煎饼摊，一对母子开的，母亲很善良，有次被楼下的大花猫追，是她把我揽在身后让我别怕。交大东路上还有一个管车位的大叔。两年中我们只说过一次话，确切地说是他跟我说过一句话。那是刚来没多久吧，下班回来我习惯快速走回家，可能是以这样的速度经过他身边多次，终于有天他忍不住跟我说了句姑娘你慢些走。后来我还是忘记要慢下来，直到经过他身边，又被他盯着看，才会不好意思地回头笑笑，然后把脚步放慢些。交大东路有太多回忆。还记得曾经在一场大雨后朋友打电话来说有彩虹！我立刻在睡衣外面披了个外套就跑上天桥去看彩虹。也许多年以后再也不会有这样的心境，但是那天的彩虹我想我大概一辈子都不会忘记。

要离开了，才发现原来我这么爱这条路，平时都没怎么好好看过它。近些天上下班路上，都走得很慢很慢，我想用眼神，去抚摸交大东路上面所有的人和物。我带不走这些，但我对这里所有的事物都感到不舍。

新家的房间很大，很干净，有关系很好的同事做邻居，本该开心地期待未来生活，却随着离开的时间越近，越对交大东路感到不舍。两年前那个遇事不淡定的我，如今也变得任何事都可以坦然面对。交大东路像娘家，陪我经历开心快乐难过痛苦，教我学会坚强勇敢坦然淡定。我想离开并不代表什么，我还会经常回来。我会想念楼下的煎饼，想念姥姥家的春饼，想念温馨发艺的阿姨，也会想念——交大东路。

写给交大东路，也写给我自己

/ 吾心安处是吾家 /

和男朋友一起看蜗居，海萍一家搬到宋提供的大房子，他问我，你觉得他们那里像家吗？我说不像，空空的。我问他，你觉得我们这里像家吗？他说像，因为可以在一起，一起做饭，一起看电视。我说其实来北京这么久，我是在前几天买了冰箱才觉得这里是家，冰箱运行的声音让我感到这里不再只是住处。原来，心安这么重要。

从2012年开始北漂到现在，租过床位，住过隔断，被中介骗过，被房东驱赶过，最后落脚到现在的住处。

刚来北京，不熟悉，为了安全离公司近，租了公司附近部队大院的床位，一个房间里四个人，基本都是隔壁大学的研究生。每天早上上班真的跟打仗似的，洗脸刷牙跟好多人一起挤占着水龙头，晚上回家洗澡又跟打仗一样，回家第一件事是先用脸盆去排队，有时候洗澡能排到十一二点，经常听到有人因为排队顺序吵闹。

后来涨了工资，想要有自己独立的空间，决定搬家，公司在寸土寸金的二环上，次卧都在两千五左右，于是那时候选择了隔断间，一个原本六十平方来的两室一厅被隔成了五间卧室，公用卫生间和厨房。房间小到只能放下一张床一个柜子，再没有空余。我让中介帮我换了一个上下铺，这样偶尔有朋友来过周末，起码有地方住。虽然是公用厨房卫生间，却不再像床位那样挤，因为我们上下班时间都是错开的，所以基本不会有影响。为了保证睡眠时间和住宿质量，我在房间可见之处贴满了十点之后不允许使用洗衣机、不得大声讲话等等的便签，厨房卫生间贴着垃圾入篓，保持卫生。大概就是从住隔断的第二年开始我变得坚强独立起来。第一年所有住户我最小，所以网络、水电、煤气、卫生费等等都是他们去办理，我只需要平摊钱就好。第二年那些老住户搬走的搬走，回老家的回老家，我成了最老的住户，新入住的有什么问题都问我，于是我开始承担起办理宽带、收水电费、查煤气表、叫维修人员来维修水龙头等事务，甚至还自己合闸换过厨房的灯泡。现在回想起来没觉得多难熬，倒很想笑，原来很多东西不是不会做不能做，而是曾经有依靠。

2014年3月份的时候，大批小中介卷钱跑路，我的中介也是其一，于是没多久，房东来闹事，让我们搬家，后来我们报警，街道居委会协调无果之后，我决定不跟他们计较，损失三千多，搬到了现在的地方。现在看来其实也是好事，虽然远了，但有了自己的卫生间和厨房，直接跟房东签合同。房东叔叔阿姨人很好，我留了一把钥匙在他们那里。平日里如果房间里什么坏掉，给房东说一声，白天我上班，晚上回家就都修好了。阴天下雨从不担心外面晾着被子晾着衣服，因为房东阿姨会及时把这些都帮忙收回去放好。某次晚上下起了小雨，我已经睡下便懒得起来去关窗户，就听见房东从外面慢慢地帮我把窗户关上，心里暖暖的。夏天有一次特别晒，我早上出门已经九点多，太阳正高高挂在头顶，出来碰到叔叔，他见我没带伞，立马严肃地让我回去带把伞再出门，说太阳太晒了。我乖乖回屋拿了伞，说了再见出门的时候，回望了叔叔一眼，那时候觉得，他们好像亲人一样。我们买车了，跟阿姨说需要在这边找个车位，阿姨特开心说买车是好事，我给你找去，然后没几天就找到了，说需要的时候带证件给她，她帮我们办理就好。

北京这座城市，有些时候你只是忙着上班下班，匆匆行走在路上，真的会有一种行走在钢铁水泥森林里的感觉，但是却因为有了这些暖心的人，让我在北漂第三年，居然也有了一丝丝的归属感。房间够大之后，终于不再因为来了朋友没地方坐而尴尬，于是偶尔请朋友来小聚，吃个火锅，打个牌，聊聊彼此的往事，惬意得很。后来因为食物没办法长期存放，男朋友提议说买个冰箱，于是我们买了冰箱，为了节省人力，还顺便买了洗衣机。

冰箱是个好物件，以前在家的时候从没这么觉得，只是很喜欢开冰箱，即使不想吃什么，只是打开看看，里面有自己爱吃的东西，就很满足了。买冰箱的第一个周末，早上快递小哥把两件电器搬进来，就忍不住地开心，感觉越来越像家了，然后大概摆了个样子我们就出门了。那天我约了朋友要去五道口逛街，男朋友要去农大打球。晚上他去五道口接我，回家路过超市，我们又一起兴冲冲地买了我们爱吃的东西，把冰箱填满。有时候看电视，看着看着，男朋友会突然站起来，打开冰箱看看，翻翻冷冻，再看看冷藏，关门再坐下来，然后我们就对视，笑了。我跟我妈说，某某也跟我一样，喜欢开冰箱。我妈说你们都还是孩子。

慢慢体会到吾心安处是吾家的含义了。曾经以为需要奋斗好多好多年，在北京有了自己的房子，才能有归属感，而现在，却提前了，是因为房东吗？是因为他吗？是因为冰箱吗？我想是所有所有这些点的总和吧。一点点积累着归属感，实则也是在一点点靠近梦想吧。

如果再有人问我，你在哪里？我绝不会再说我在宿舍，或者在住处，而会说，我在家。因为，吾心安处是吾家。

/ 一碗阳春面 /

1

我是在姥姥家长大的，一直到五岁我爸从部队转业回家，我才被接回家生活。但每次假期或者我妈顾不上照顾我的时候，我还是会去姥姥家。姥姥家的房子前面，是大姥姥家，究竟为何这样称呼，我也不清楚。只记得小时候去她家玩，她总是能从墙边的大红柜里面找出糖果给我吃。在街上和小伙伴一起玩，每次大姥姥出来看到我，总是喜欢问我："如果我去你家了，你会不会留我吃饭啊？"真的是每次都会问，然后我都耐心回答说当然会，请你在我家吃饺子。那个时候总觉得，饺子需要经过复杂工序，对我来说，复杂的，就是最好的。后来长大了，大姥姥也一直没有去过我家。九岁搬家到城里，又过了几年，大姥姥身体一年不如一年，有一年在城里的街上碰到她和她儿子来看病，她的身体已经明显不如从前。我爸说，家搬来了还没去过，这次碰见了，就去家里坐坐吧。从医院到我家大概是十五分钟的车程。大姥姥看了看我，表示很想去。她儿子说不去了吧，来看病，再去家里太麻烦，怕给我们添乱。那时候看着大姥姥的眼神，好像一个小孩子，想要去，却没有能力自己决定。突然就想起小时候她总是问我如果去我家，是否会请她吃饭的画面，于是就坚决拉着大姥姥和他儿子上了车，这才去了我家。因为他们还要匆忙回家，于是家里并没有像我小时候承诺的那样做饺子给大姥姥吃，而是煮了一碗面给她。但是现在都还记得她吃得开心的样子，甚至把汤也喝得一点不剩。之后再在街上遇到，她再也没问过我如果去我家，是否会请她吃饭这个问题。也许是我长大了？也许，是她吃过我家的饭了，虽然是阳春面，但是也满足了？又过了几年，大姥姥去世。现在对她印象最深的三个画面便是，给我找糖果，问我是否请她吃饭，在我家吃阳春面。

2

2011年的秋天我拖着行李去陌生的天津找实习工作。第一天住在河西区的阳光公寓。那是一个求职公寓，里面有六个床位。当时我住的是下铺，下午吃完饭就在宿舍一边准备简历，一边练习面试可能遇到的问题。后来又住进来一个人，之后得知她是一位离婚的少妇，家是天津塘沽的，初中文化，那时候没工作，又因为离婚回了娘家，娘家要她出来找工作自己养活自己。她进来的时候拿的行李极少，微胖，看了看这房间里唯一剩下的上铺，又看了看我，我说："你是觉得上铺上去很困难吧？我跟你换换吧。"于是她眼睛眯成一条缝地走了过来，跟我换了铺。晚上她问我，你知道超市在哪里吗？我想去超市买瓶水。面试准备得差不多了，于是索性跟她一起去了。她用浓重的天津口音跟我说着话，说自己离婚了，在娘家如何难过，出来找工作如何不容易，然后就听到她肚子响。我问，你没吃饭吗？她说，我出来带的钱不多，晚上买瓶水喝就好了。我惊讶地看着她，她不好意思地低下头，说出门的时候，娘家人没给多少钱，自己又没工作，声音小得我几乎快要听不到。我问她，你想吃什么？今天我请你吃饭。她说这怎么好？我说没事，出门在外的，谁没个难处了。她听完特别开心地拉着我就走，说，我只想吃碗面。然后我就带着她去了一家面馆。我吃过饭了，于是就坐在她对面看她吃。可能是真的饿了吧，她呼噜噜一会儿就吃完了，一点汤也没剩，然后抬起头满足地对我笑说，你真好，等我找到工作了，我请你吃饭。我说好，那你要努力找工作，别让我等太久哦。第二天我们便各奔东西，我不知道多年以后她是否会记得我，只是希望，在日子可能比当初还要辛苦的未来，难熬难过的时候，可以记得，这个世界，其实也很温柔，要相信美好，相信生活会好起来，毕竟还曾有个陌生人，请她吃过一碗阳春面。

3

夏天来了，人真的是越来越懒，午休起来哪里都不想去，什么都不想做，就在家里窝着胡乱地翻看着电影和综艺节目。天黑下来，男朋友扭头看我，问道，今天是不是又不打算给我做饭了？一副受了委屈的表情，让人不忍心。我说你想吃什么？煮面怎么样？他说好啊好啊。不由心里笑他，瞧，一碗面就打发了，真像个孩子，然后带上围裙，煮面去了。几分钟之后，面就好了，我问，你要过水吗？他把目光从电脑上移到厨房，一副满心欢喜的表情跟我说，都可以啊！我用一个大碗盛水，把面捞到凉水里，过了一遍，盛出两碗，放卤，上桌。他呼噜噜地吃，不时地抬头看我，露出满足而又幸福的笑。

/ 亲爱的那不是爱情 /

　　两个月前的一个周末闲来无事，正在家看书晒太阳，QQ突然响了，好友A找我说，她表弟爱上了一个有男朋友的姑娘，舅舅舅妈希望他早日找能结婚的人去恋爱，不要在那个姑娘身上浪费时间，可他就是不听，希望我能跟他聊聊。我笑着回复她说家里劝都不听，为何觉得我这个陌生人的话他会听？小雨发来抓狂表情，说："这不是病急乱投医嘛！大家有感情问题都喜欢向你倾诉，你听的故事多了，经验自然也多，求帮忙解决这件事！"

　　话还没说完，就收到A表弟的验证消息，看了一眼头像，很成熟的样子，一点不像会跟父母对着干的小伙子。我还没打招呼，就收到他的一段消息："你好，听我姐说你经常收感情邮件，回复也很中肯，所以找你来聊聊我的感情问题，希望不要对我说教，我已经听的太多了。"

如他所说，我确实收到过很多情感问题的邮件，我个人也经历过恋爱分手，暗恋失恋，所以对很多问题都有体悟。我说大家都是同龄人，不想当咨询或者建议者，就随便聊聊吧。A的表弟像所有倾诉者一样，最初的时候都带着一种不满的情绪对自己的故事滔滔不绝。用他的话来说，他爱的姑娘，并不十分漂亮，却思想纯洁，三观和他高度统一，他们聊天中，常常能找到共鸣，跟她在一起，他觉得自己很放松，时间久了，便爱上了。

我问：你喜欢她什么？

他说：能跟我聊得来，我们很多地方都很像！

我问：她知道你喜欢她吗？

他说：知道，她也知道我没想拆散他们，所以她没拒绝我。

我问：抛开这个问题不聊，如果你有一个女朋友，你很爱她，很信任她，但她的身边有个男孩子喜欢她，她也知道，但她从不拒绝，男孩子对她好，最简单的例子，男孩在夏天很热的时候，买瓶水给她，她接受了，你会不会不舒服？是否会觉得女孩子做得不对？

他说：我忍不了。我不能接受我的女朋友对别人动心，哪怕一点点，哪怕只是一瓶水。

我问：如果她接受了呢？

他说：那就是对我不忠，至少心里，不完全是我。也许会吵架吧，闹不好最终得因为这个分开。

我说：现在这个女生就是那个女生，只是你和刚我描述的男生，换了个位置。这个女生并不像你描述的那么好，她在恋爱期间，会接受除了男朋友之外的男人对她的好，并且，她知道这个对她好的男生，喜欢她。倘若有天他们因此分手，你跟她在一起，依然会有这个问题。

他沉默了好一会儿，才回答我：我懂你的意思了，可我还是放不开。我不愿意接受我爸妈安排的相亲，那不是我想要的。

我说：其实你们之间的，不是爱情，世界上的女孩子多了去了，不一定要只盯着她一个，更何况，她没你说的那么好。我今天不劝你立马忘记她，只是劝你自己想想，你不再是18岁了。父母催你相亲，只是为你好，你可以不去，但绝不能不为自己想。

上个周末A和表弟带着水果来我家小坐，开门就看到喜笑颜开的A和一脸轻松的表弟。男孩高大阳光，虽然不帅气，却也干干净净。我给他们倒水的空当，A已经削好一个苹果递了过来，A说："这次真的要好好谢谢你，谁劝都不听的表弟，在跟你聊过以后，似乎思路立马就清晰了。"A表弟挠挠头说以前自己太不懂事了，让爸妈担心，但说实话，自己并不后悔那段经历，他转头对我笑笑说："姐，你说过，有些成长经历，只能自己去摸索，别人帮不了自己。其实我想说的是，虽然不后悔经历那一段，我也真的感谢你，因为要不是你，我可能还完全沉浸在那段不是爱情的爱情里呢。"

原来，A表弟在跟我聊完之后，决定去试探下那个女生，看是否真的值得自己这样一直坚持。他买了一大束玫瑰，约那个女生在她家附近的咖啡厅见面，女生到咖啡厅见到他拿着一大束玫瑰，虽然惊讶，但还是收下了，脸上也洋溢着幸福。A表弟直言自己很喜欢她，并表示自己不会破坏他们的感情，会默默守护在她身边。女生很意外却很感动，说很感谢他喜欢自己，若不是因为有男朋友，可能真的会跟他在一起，因为就像A表弟说的那样，他们有很多共同的兴趣爱好。聊天的时候，女生的男朋友打来电话，女生含糊地说自己和闺密逛街，在外面吃饭，晚上可能晚点回去。那一刻，A表弟想起我说的话，看到女生背着自己男朋友和他在一起喝咖啡吃饭，就想到如果这个女生真的是自己的女朋友，也这么对自己的话，他忍不了。于是他回去以后就发信息给那女生，说让她好好珍惜自己的男朋友，他们是有缘无分的，那束花，就当是送她的最后一个礼物吧。从那以后，A表弟除了正常交往之外，再没有跟女生有过多接触。

　　我猜很多人都遇到过这样的情况，年少的时候，甚至认为自己爱上谁都是自己的自由，跟他人无关，还有一些人认为爱一个人，并不需要他付出任何，也不需要对方为自己负责，只是想默默对对方好，陪着对方，殊不知，这样看似付出全部不计回报的爱，才是最危险的，无论于他人，还是于己。并且很多时候，那种两个人在一起，有共同兴趣爱好，有很多共同话题，在一起轻松愉悦的感情，并不一定是爱情，也并不一定会发展为爱情，我们一生中会遇到很多三观一致兴趣相投的朋友。爱情却是唯一和自私的。

做自己生命的主角，
而不是别人生命中的看客

车小姐是我上一家公司的同事，那时候她在公司负责国内部的销售工作，而我属于国际部，我们两个业务内容很像，只是涵盖的用户一个是对内，一个是对外，也许正是因为没有利益上的冲突，进入公司后不久，我们就成了无话不说的好朋友。

那个时候我刚刚大学毕业不久，住在北京积水潭附近的一个部队大院里，车小姐则住在东五环的一个居民楼里，我们周末的交集很少，直到有一天她告诉我他们那边要拆迁，刚好男朋友在北师大读书，所以想要搬过来住。搬家的事很顺利，后来我们就住在一起了，每天一起上下班，周末也偶尔一起活动，交集越来越多，聊天内容也就越来越多。

后来的聊天中我才知道，车小姐有一位来自喀麦隆的男朋友，这着实让我惊讶，并不是我种族歧视，而是我一直以为，车小姐是那种特别传统的女生。每次她妈妈给她打电话催婚，我都听她答应说下次一定带男朋友回家。万万没想到车小姐的男朋友居然是个外国人。她看我好奇就讲了他们之间的故事。

车小姐大学毕业之后，就在上海做外贸业务，因为自己大学时期的英语不好，于是加了一个英语群，想要提升一下听说读写能力，结果就认识了现在的男朋友，当时两个人只是一个人教对方英语，另一个人则教对方汉语的关系，甚至连视频上都没见过对方，只是时间久了，他们聊的内容越来也多，关系也就越来越近了。车小姐的男朋友中文名字姓兰，后来熟悉之后我们都喊他阿兰。阿兰当时在北京师范大学读博，入学不久感到汉语虽然大多能听懂，但距离像母语一样熟练还有些距离，于是他加了互相学习语言的群，就这样，两个人认识，并越来越熟悉了。聊了大概两个月以后，阿兰提出去上海见车小姐，车小姐想着反正也没事，见一下也无妨，于是两个人约在了上海的一家咖啡厅见面。

车小姐说那天天气极好，结果因为紧张于自己的穿着打扮，迟到了足足半小时，去的时候，阿兰已经到了很久。车小姐下了出租车，站在马路对面，看到阳光照在咖啡厅的玻璃窗上，明亮得耀眼，阿兰穿着风衣坐在咖啡厅的靠窗一边，正用勺子不断地搅拌着手中的咖啡。那一瞬间，车小姐有些心动。他们两个当时虽然是第一次见面，却都没有一点陌生的感觉，也许是网上聊得比较多吧，也或许是因为，彼此都觉得对方很有亲和力。

阿兰离开上海之后，两个人的联系开始频繁了起来。春夏交替的时候，车小姐邀请阿兰来江西的婺源看油菜花，她说那边大片的油菜花开了，很好看，像阿兰的笑容一样灿烂。也是那次，阿兰提出让车小姐做他女朋友的请求。车小姐几乎连考虑都没考虑就答应了。我问，你不会考虑结婚问题吗？万一他回国了呢？

万一你爸妈不同意呢？万一你周围同学同事都觉得嫁给外国人不靠谱呢？她笑着对我说："我要做自己生命的主角，而不是别人生命中的看客。"

　　他们异地交往两个月后，车小姐给阿兰打电话，说你下来一趟，我给你寄了快递过去，刚快递师傅给我打电话，说到了，怕你语言不通，所以让我告诉你。阿兰挂了电话，穿着运动服和人字拖，背了个双肩背就下楼了，还没走到学校门口，就远远地看到了一个24寸的行李箱，还有一个背着红色双肩背的车小姐，她正直直地站立在阿兰的校门口。阿兰飞奔过去抱住车小姐说你怎么来了，为什么不提前告诉我？车小姐有些按捺不住自己的情绪，说我辞职了，我怕你不让我来，所以我先斩后奏，以后我都在北京了，我们再也不分开了！两个人就那样紧紧地抱在一起，激动之余两个人又都眼含着泪水。

　　后来呢？后来车小姐就进了跟我一样的公司，大概一年半以后，阿兰毕业了，他签了一家山东的公司，车小姐也毫无例外地辞了职，跟随阿兰一起去了山东。去年的6月份，我收到了车小姐的电子邮件，她说她结婚了，还发来了他们一家三口的照片，没错，她生了一个有着黑皮肤的小男孩！照片中一家三口都笑得开心，幸福。车小姐在邮件中说，她感到自己很幸福，也很庆幸，自己的家人从未因为自己嫁了一个非洲人而感到自卑，反而很自豪，也庆幸自己找的这个外国大男孩没有让自己失望。

　　说实话，最开始我并不看好他们的感情，因为毕竟一个祖籍是非洲，一个是中国，我和其他车小姐的朋友一样，担心有一天阿兰会回国，可车小姐却经常跟我说，她相信他们两个人的爱情，也相信阿兰不会丢下她回国，阿兰说他喜欢中国，会一直留在中国，车小姐经常说，我为了我们的感情，真的付出很多努力，不会像以前那样，经常闹分手，而是学会了努力经营，两个人都彼此包容忍让，感情走得非常顺利。

　　他们结婚之后，我经常看到车小姐空间里晒出他们在一起闹的笑话，因为语言不通，因为语言有歧义，吵架的时候一个用英语一个用汉语等等，总之你能从他们的生活中感受到浓浓的爱意，即使吵架，也深知对方是爱自己的。我常感慨他们就像三毛和荷西。车小姐追随阿兰，从上海到北京，从北京到山东，阿兰也为了车小姐定居在了中国，两个人又一起拥有了爱的结晶。这是一件多么幸福的事啊。很多时候我们都在害怕，怕自己找的男女朋友不如意，怕家人说，怕朋友笑。我佩服也祝福车小姐，因为就像她说的，她的生活只有她自己是主角，别人怎么看，都是次要的。

/ 姑娘，你要得太多了 /

晓然是我闺密的表妹，虽说是表妹，年龄却都一样大，所以我们经常在一起聚餐逛街聊八卦。

如果说男人在一起最常聊的就是游戏和女人，那女人在一起聊得最多的就是电视剧和自己的男朋友。

"我总是忍不住偷看他的手机怎么办！而且我总是很介意在我之前他有过两任前女友。"这简直成了每次逛街聚餐时晓然的必聊项目。

有人说前女友这种生物，是女人最痛恨的，但有时候，只是自己的假想敌罢了，真的有杀伤力吗？其实对一段稳定的感情来说，似乎是没有任何杀伤力的，但对处于这场感情里的女生，杀伤力简直是百发百中。前任像一个炸弹一样，随时会被引爆。

晓然是一个极端，她总是不信任自己的男朋友，她极其缺乏安全感，即使她男朋友每次都在她逛街逛到不想继续走的时候，立马飞奔来接她，即使她男朋友会记得她所有的喜好，即使每次姨妈痛的时候，她男朋友都会嘘寒问暖，给她熬姜糖水，大多数女生会因为这些小举动，变得越来越有安全感对吧？晓然则恰恰相反，她总认为，男朋友现在的体贴，现在的无微不至，不仅仅对自己做过，对两位前任女朋友，一样做过，晓然认为，爱情是唯一，是独一无二，所以很多时候，她是纠结的，男朋友对她不好，她觉得男朋友可能还爱着前任，男朋友对她好，她又会觉得，是之前的感情锻炼出来的。

有一次我们逛街累了，坐在茶吧里面歇息，我问晓然，你曾经有过前任吗？晓然急切地放下手中的水杯，挥舞着双手说，我那个都不能算，不能算！据晓然说，她大学以后就只有现在这一个男朋友，大学之前的，都还是不懂事时候的爱情，连手都没牵过，所以不能算。而这个男朋友，是她大四的时候才认识的，所以到目前为止，他们在一起的时间，才不到一年。

晓然总是患得患失，认为男朋友会丢下她找前任，或者在跟前任女朋友们相关纪念日的时候，会变得异常不安，认为男朋友会想着记着，心里不舒服得很。

我想不只晓然，很多姑娘都有这个顾虑，男朋友到底爱不爱自己？如果爱，会爱多久？他不会变吗？

其实很多时候，我以为，女生之所以苦恼，纠结，就是因为自己太在乎，爱得太用力，甚至用力的方向都有了偏差。如果真的爱现在的男朋友，难道最该做的不是首先充实做好自己吗？

退一万步讲，前任之所以成为前任，一定是有她的原因的，自己如果也和那些女生一样，那又有什么区别？如果真的爱现在的男朋友，就该好好珍惜，而非每天疑神疑鬼地去想那些没有的事情。至于看手机这个问题，我没有任何意见，因为在爱情里，有时候说不出是谁对谁错，有些人就是喜欢看，认为既然在一起，就该公开透明没有秘密，而有些人则认为每个人都该有自己的隐私。

后来一次见面，晓然又说到这个问题，我就问她，大学期间，是否也遇到过其他男生。晓然回答说："那当然了！很多人追过我呢！我都没答应罢了。"我继续问："这些人中，有没有之前没交过女朋友的？如果有，你为何没答应？"晓然一时语塞。我说："我来帮你回答。因为这些人你不喜欢，无论是之前有过女朋友，还是没有过女朋友，你都不得不承认，现在的男朋友，是你最喜欢的一个，你愿意跟他在一起。换一个人，也许你如何都不愿意。"

晓然顿了顿，低声说："那些曾经没有过女朋友的，我没一个喜欢的。因为我发现，交过女朋友的男生，相对来说更优秀一些，也更加懂得如何照顾女生一些。"

　　大家在分析男生的时候，都很理智，但当自己成为这场感情中的女主角，就开始起疑心起妒忌心，妒忌曾经的女生，不在一个时空的那些女生，也曾跟面前这个男生有过一场爱情，也许也轰轰烈烈，也许也曾刻骨铭心，所以自己忍不了。

　　但是呢？如果他没有过女朋友，过去是一场空白，像一张白纸一样干净，女生又会嫌弃，觉得大家都不喜欢你，为何我会喜欢你？

　　当身边这个男生足够优秀，对你足够好的时候，请不要纠结于过去吧！因为事情都是有两面性的，你接受了A面，就意味着，你也必须承受它的B面。

╱ 累的时候，停下来，歇一歇 ╱

不知道你们是否会有这种感觉：面对眼前的生活感到厌倦，面对现有的工作也提不起任何兴趣。每天工作和生活，都感受不到自己的存在，说严重点，就是感到自己像一个行尸走肉。其实很多时候，我们只是累了，迷茫了，找不到方向了，我们拼命奔跑，甚至从不抬头看一眼目标和方向，终于有一天累了跑不动了，才想停下来歇歇，看看接下来的路要怎么走。

其实很多时候，我都觉得，方向比一直努力奔跑还要重要。及时调整脚步，更容易达到目标。

一年前我突然辞职，身边的许多亲人朋友纷纷表示不理解，当时除了我爸说"没什么，开心就好，没钱跟家里说"以外，大多数人给出的反应是："啊，为什么辞职？为什么不等找到下家再辞职？辞职了以后你要怎么继续生活？"身边所有人的评价，都好像我的天塌了一样。我的回答是统一的：因为我每天辛苦地坐地铁去上班，现阶段已经找不到每天这样辛苦的意义，不开心，所以辞职，并非跟公司有什么不愉快，公司对我很好，和同事相处也和睦。辞职只是为了换个环境，去接触些新的东西。至于要怎么生活，我说请叫我"小富婆"，我有存款。

2012年毕业到现在，马上二年，因为是商务英语专业，毕业后，我选择了外贸行业，两年来也算是学有所用。人在每个阶段都有不同的想法和追求，两年前我希望我工作对口，工资够花，在工作中只要收获初入社会的人生经验和在北京生存下去的能力就好，两年后综合考虑工作前景和职业规划，已经不满足于现状。

知乎上有位网友总结了好工作的5个m：make fun, make meaning, make money, make friends, make breakthrough. 静下来

思考下，当下工作有几个符合这些？不符合，那就要变，俗话说，变则通，通则达。

当然你不能盲目地辞职，跳槽，即使没有很明确的目标，也要有一个大方向。如果你在生活中足够积极向上，当你想要改变的时候，很多问题就不是问题了，相反，很多你曾经热爱的和你往日积累的东西都会变成一种幸运，推着你往一个好的方向发展，你自己，自然而然就走上另一条大路了。我辞职之后，很快进入了互联网这个行业，做了一家互联网金融公司的网站运营策划，很多人都好奇，你一个做传统行业的小职员，怎么突然摇身一变，就成了互联网公司的运营了呢？

我觉得毕业两年之后，从传统行业跳槽到互联网行业这件事情，可能让大家觉得很神奇，但其实如果你仔细观察，你会发现，身边有很多这样的人，我的经历算不上成功，但可能对一些毕业几年以后，突然对毕业时选择的工作和生活产生懈怠厌倦的人，会有一些启发和帮助。

第三集：
向着太阳，就能永远满怀希望

在北京打拼期间，遇到过很多困难，我妈总是在
我遇到挫折的时候跟我说，没事，很快会过去，
明天又是新的太阳。

/ 不跳出来，永远不知天空有多大 /

周末和一个高中同学约在住处附近的咖啡厅见面，几周前他就打电话说想要见面聊聊，因为近期的生活实在是太糟糕了，感觉再不调整自己就快崩溃了。不巧的是赶上那段时间我都特别忙，周末北京城区四处跑，那天终于能够抽出时间见他一面。

他用勺子不断地搅拌着手中的咖啡，眉头紧锁，满面的心事。我说有什么不开心的，毕业后就你进的公司比较大，我们其他人都是在小公司里任职，虽然单身吧，爸妈也开明，从不催婚，还有什么不满意的？

　　他顿了顿，说："我想辞职，因为工资满足不了我的需求。我对工资的要求很普通，现在的工资，连我的基本要求都达不到，更让我不满意的是，我大学一起毕业的朋友，平均工资都比我多两千元以上，他们没有我的工作经验多，没有我做的事情好，偏偏工资高。"他一口气说了这么多，不满意程度可想而知。我跟他是高中同学，高中时期他就很好强，我们从不同的大学毕业，工作这几年，我一直以为他在大公司做得很开心，没想到这么多不满意的地方。

　　他继续说，毕业后就一直在这家公司任职，刚毕业那会，大家都去了小公司，只有他拿到了这家大公司的Offer，那时候感觉很自豪，对工资也没有太在意，觉得钱多钱少无所谓，重要的是学到知识，并且能进入这家公司原本就是他意料之外的事，而后来能坐到高端写字楼里工作这件事，更是极大程度地满足了他的虚荣心，工资待遇那时候就看得没那么重要了。而后来呢，同学朋友纷纷加薪，自己在这家公司工作已经第三年了，工资却一直不高，甚至现在已经满足不了自己的基本需求，连跟新认识的女朋友约会，都捉襟见肘了。

我问那为什么不换一家呢？既然有这么多不满意的地方。他说其实就是工资低点，公司的领导同事都很好，公司里不存在其他同学描述的那些职场里的钩心斗角，平时活动也很好，公司文化也是他认可的。很想要辞职换一份工作，但是又舍不得同事领导，这份不舍仅仅是对人的不舍，而工作，自己这些年下来，感觉不适合自己，以后也不会再做。现在到底该怎么办，他已经郁闷了好几周。

我听完以后的第一感觉就是，他的信息太闭塞，思维太狭隘。

首先我认为，他说他同届同学没有他做事好，没有他工作经验多，但是工资比他高两千以上，这很正常。因为职场需要的不仅仅是智商和经验，更多是情商。大学同学班级第一第二的，现在混得并不一定就最好。并且或许你的同学所在行业与你不同，这个没有必要太纠结，其次，他说老板好，同事好，氛围好，舍不得走，我只能说，这个男生想问题还是不够成熟。我今年25周岁，我不知道这个年纪的男生都在想什么，起码，我开始考虑以后的事了，几年以后结婚总不能让爸妈出很多钱给你办嫁妆吧？同理，你结婚娶媳妇不能全指望家里吧？OK，想明白这个问题以后，你还觉得舍不得离开吗？赶紧走，不然过几年约会吃饭你依然捉襟见肘，并且在真的谈婚论嫁的时候，很可能爱情不是被现实打败，而是被你的现状打败。自己都照顾不好的情况下，又有哪个女生愿意把自己托付给你呢？

后来我和他聊了换工作这个问题。我认为，大公司是好，得看对谁来说，你如果是想从基层做起，很多时候，还不如小公司学到的东西多，大公司体制复杂，加薪都有层层考核，他们公司经理级别的一年加薪一次可能都很难，更别提他了。所以，这个定位很重要。不是说你不能进大公司，我个人觉得，分行业。如果你是技术，可能你在大公司，工资高学东西多，但是如果你是一些基础岗位，那还不如小公司，可以提各种要求。

他毕业两年了，一分钱存款都没有，想换工作，担心没工作期间生活不下去，这是个问题。我不知道大家所在的城市如何，在北京这样遍地是机会的城市，如果换个工作，我个人一般很快，有够自己生活一个月的资金（很幸运，我当时是辞了工作立马就到新公司入职了），这样衔接，不会耽误下月工资按时发放。人总得有朋友吧？借一个月的生活费，说下月找到工作发了工资还。甚至你可以依靠信用卡，无论哪种情况，都可以很顺利地把没有工资的这几个月度过。

很多人对跳槽、辞职问题很苦恼，大多数人表示在毕业几年以后想换工作的时候没方向。前段时间还有一个豆瓣的姑娘，跟我说想要换行业，说打算去看下行政之类的工作。我就想起前几年的热播剧《杜拉拉升职记》，似乎就是那段时间，杜拉拉的影响吧，大家说起未来的职业规划都是：我要做行政，从行政做起，然后通过自己的打拼，努力再努力，最后混到公司顶层。其实这个现象也很正常，因为接触的圈子太小，你了解到的，只能是你接触过的行业。但是行政就真的适合你吗？

姑娘还说了，男朋友说，女生不要太辛苦，做行政办公室文员就是极好的。我个人不同意这个说法，我觉得男生有追求事业的权利，女生也有。只要在需要的时候，我们顾家，就够了。我男朋友对女生工作这件事的态度就是："你赚多少无所谓，反正我会赚得多，但是你要能在未来某天，如果我没工作的时候，养得起你自己。"其次他支持我的选择我的工作，他会经常提建议或监督我去积极向上地工作。我觉得这才是一个男生该做的。

我曾经说过毕业几年以后选择跳槽或者职业的时候，不要只是横向去看，因为横向看你永远只能在那个小圈圈里面混，那个圈够好，你可以选择继续横向发展，但是如果你看到圈子里比你大一轮的人的生活现状，不是你喜欢的，甚至达不到你对未来生活的要求，那你就该换，就该变。

我辞职转行以后，跟几个同学聊过。那时候她们刚好也对自己的工作不满意，但对未来都没有清晰的认识。然后我说其实没必要因为专业和现有的经历限制了自己的发展，要纵向看。横向的圈子，也就那样了，在行业里面混两年，未来十年二十年你肯定看得出来是怎样的，那何必耗着。于是聊了我所知道的互联网，我说不要觉得互联网很高大上，其实有很多我们可以做的事情。于是，后来我的同学辞职了，同学又跟自己的闺密讲了这个道理，于是她闺密辞职了。后来她闺密找到我，聊了聊面试之类的问题，现在的她已经入职搜房网，薪资是之前的一点五倍，各项福利也都齐全了。

　　任何时候都不要低估了自己，也要学会跳出来看问题，除了工作生活，还要经常关注新事物，并常关注那些你身边接受新事物比较快的人。多接触下新的东西吧，无论是工作还是生活，都去转转看看，不然你埋头苦干，或者整天宅着抱怨，就注定，你永远站在鄙视链的最底层。跳出来看世界，天空会变得更宽更广。

/ 致三十岁的自己 /

见字如晤，我在二十四岁，一切安好，勿念。

不知道现在的你是什么样的生活状态？昨天Gaby过来，说起二十五岁这个年龄，她说之前二十四的时候不觉得自己年纪大，眼看就要过年，就要二十五岁，居然开始害怕起来。鉴于此，就想给三十岁的你写封信。首先，不好意思，我现在还没把自己嫁出去，不过我相信，三十岁的你肯定有了自己的小家庭。他对你好吗？是否无条件地宠着你？有宝宝了吧？我就知道是这样，下班以后那个小家伙每天围着你喊妈妈很开心吧？你二十四岁时，有人问，喜欢小孩吗？你说喜欢别人家的小孩，因为自己家的小孩还得照顾，别人家的小孩看起来却都那么可爱乖巧，不知道宝宝哭闹是否有烦到你。对了，晚上宝宝哭闹，是你起来照顾，还是宝宝爸起来照顾？一定是他更多对吧？

爸妈还好吧？他们都退休了吧？最近都在忙些什么？其实我一点不担心老爸的退休生活，他总能找到自己喜欢的事情做，比如在你二十四岁的时候，他经常开车去平房那边的老年中心下象棋玩牌。平时在家拿平板看国内外新闻，潮着呢！那现在呢？是否找到更多可以玩的东西了？老妈怎么样？习惯了每天去学校教书的她，退休后有没有觉得离开学校离开那群调皮捣蛋的孩子有点小失落？希望她也找到了自己喜欢的事情做。对了，都说父母在，不远行，所以你二十四岁的时候，生活工作在离家不远的北京，也不怎么忙，都是至少一个月回去看他们一次，陪他们聊聊天，做做饭，陪妈逛逛街。你可要记得，等到三十岁，不管工作生活有多忙，一定要经常带宝宝和宝宝爸回家蹭饭，希望那个时候宝宝已经会喊姥姥姥爷，然后宝宝被爸妈哄着，你和老公一起去超市，买你们喜欢吃的东西，回来做给他们吃。那时候你的厨艺更好了吧？现在二十四岁会做得还比较简单，不过都说女人是天生的厨师，希望经过这么多年的历练，那时候你的厨艺已经可以让他们赞不绝口了。公公婆婆可好？二十四岁的时候你对未来生活有个愿望，就是可以在近几年内，过年的时候，跟未来婆婆一起包饺子。三十岁的时候你肯定已经跟婆婆一起包过N多次饺子了吧？你们擀皮儿的方式一样吗？她是不是经常对外人夸说我这个儿媳什么都好云云。你们一定相处得不错吧？对他们好点，因为他们含辛茹苦，养育了宝宝爸。三十岁的时候，你一定会有两个可以腻在一起聊心里话的妈妈，两个可以偶尔给你讲大道理的爸爸。帮我照顾好他们。

你现在用化妆品吗？贴面膜吗？二十四岁的时候你用的是超市里面二十块钱一瓶的洗面奶，不知道三十岁的时候你会不会嫌弃这个价格。不过二十四岁的你，生活规律，晚上不熬夜，经常吃水果，尽管用着简单的护肤品，皮肤倒保养得还不错，比较懒，早上出门从不化妆，十五分钟起床洗漱全搞定，不知道三十岁是否还是这样。晚上从不敷面膜，现在用的是免洗的睡眠面膜，原谅我在二十四岁这个年纪这么懒，可是还能懒几年？就让我在这个不长痘痘不担心皱纹的年纪里，一懒到底吧。

　　你工作怎样了？还是做进出口吗？希望那个时候你已经做得顺风顺水了。我说你这脾气真的要改改，希望三十岁的时候你心态平和，和蔼可亲。就这几天，跟客户聊天对方喊你大哥你就怒了，对客户态度急转直下，原因是你觉得好好一姑娘愣是被他喊丑了，还换了性别。你这思维真是让人难理解。好在公司人性化，没人说你，经理偶尔打趣说这90后性格啊，真的要收收。 想告诉你，客户是上帝啊，你说他喊你什么有那么重要吗？别那么容易动怒，对身体不好。工作就该进入工作模式的，毕竟这是社会这是公司，不是你可以当螃蟹的家。三十岁的时候也别太拼了，钱乃身外之物，够花就行。还理财吗？其实我是想问，你那纸黄金后来涨了吗？现在可是赔惨了。希望三十岁的时候，理财，更加谨慎。

　　身边朋友都还好吗？也都结婚了吧？他们是否也还在北京奋斗着？北京空气环境有没有好点？你知道现在北京的天气吗？就现在，微风无云能见度高的日子，都能当个节日来庆祝呢。有人说雾霾的天气，人们就像是戴着面具在能见度极低的城市里战斗，真是太形象了。也不知道你那个时候是否还在北京。

　　现在是二十四岁里的某一天的十一点四十一分,我坐在办公室里,给三十岁的你写信。也不知道三十岁的你,现在在做什么,想什么。

　　未来真的好远,远到我计划不来。不过你相信我,我会努力,努力为了让三十岁的你过得更好而奋斗。你就安心工作生活,照顾好咱爸妈,咱宝宝,咱宝宝爸,咱朋友,我会一步一步,脚踏实地,走向那个,头发随便一挽,挽出的都是风情的,三十岁的你。

　　　　　　　　　　　　　　　　　　　倾心蓝田

　　　　　　　　　　　　　　　　　　　2013年11月27日

/ 有梦就出发，永远不会晚 /

阿玲是我参加闺密的一个生日party的时候认识的。

犹记得那天的party真的是去了好多人，有些是闺密的朋友，有些是闺密朋友的朋友，用闺密的话来说，25岁的生日，一定要热热闹闹，让尽可能多的人见证她的成熟和长大。

来的人因为有些是彼此没有交集的，所以在大家一起为闺密唱完生日歌之后，立马就三五成群地分开坐下各自聊了起来。闺密拿着香槟过来敬酒，一边晃着香槟杯一边学《闺密》

那部电影里的台词，跟我们大喊说：来，干杯，为了友谊，青春不老，闺密不散！我们都嬉笑着跟她干杯。我举杯喝香槟的瞬间，透过来回穿梭想要在这次生日party上尽可能多地认识人的来宾中间，一眼就看到了穿着绿色旗袍的阿玲。旗袍上是一棵单株的荷花，开得正艳，荷花的周围，是大片大片的荷叶，以至于那条旗袍远远望去，是绿色的。

人与人之间的缘分，就是这么奇妙，我望向阿玲的同时，这个画中人一样的姑娘，也正望向我。对视之下，她先是尴尬地低了低头，又举起自己的香槟杯，朝着我的方向举了举，然后仰头喝了一口，算是跟我打了招呼。我冲她笑笑，看她周围没有其他人，便给她指了指房间挨着白色钢琴的位子，喊她过去小坐。和同座的几位朋友打了招呼，我便起身走向阿玲。我过去的时候，阿玲已经坐好，见我过去，又起身来，伸出手微笑着对我说，你好，我是阿玲，苏州人。我说你好，很高兴认识你。阿玲左手端着香槟杯，右手很自然地捋了一下旗袍，坐在了我的面前。在遇到阿玲之前，我也接触过很多南方小城的人，但是第一次，感到对面的这个姑娘，完全符合我对南方小城姑娘的想象，她大概一米六的身高，瘦瘦的，却不失好身材，皮肤白白的，笑的时候，很温婉，跟北方姑娘的大大咧咧，形成了鲜明的对比。聊天过程中我才知道，原来她也不认识闺密，是跟朋友一起来的，只是听说有个很有意思的生日party，有机会认识很多北京的朋友，便来了，谁知朋友刚和大家一起唱完生日歌就临时有事走了，她暂时没有其他想去的地方，就干脆留了下来，正感到无聊，就看到了我。

阿玲说她毕业以后，就考取了当地公务员，很顺利地入职，到现在已经工作四年，半年前和官二代男朋友分了手，现在单身不说，还对工作感到厌倦。想来也是，在我看来，公务员的工作，更适合享受安逸生活的人。阿玲虽然看起来柔柔弱弱的，骨子里却有着一股不服输的劲儿。我问阿玲，你在北京玩这些天，喜欢这里吗？她点点头，晃着香槟说："喜欢，我喜欢这里宽阔的马路，喜欢南锣鼓巷各类小吃，喜欢四通八达的地铁，喜欢这座城市里快速走路的人们，看起来到处都是机会，又到处都是竞争，这样的生活，是我曾经向往很久的。刚毕业的时候，在家人的安排下，考取了公务员，可我知道，那并不是我想要的生活。"我问她，你有想过来北京发展吗？阿玲说："当然想，可是，我28岁了，家里同龄的姑娘们，大多已经结婚生子，我现在辞去公务员工作的话，父母亲戚肯定都会以为我脑子坏掉了，家里也一直在给我安排相亲，虽然我很烦。"阿玲摊了摊手，跟我表示无奈。我放下手里的香槟，稍微坐正了些跟阿玲说："其实我认为，有梦就不怕晚，现在没有结婚生子，还是单身，又厌倦了现在的生活，此时不变，更待何时？相亲结婚以后，你想变，那时候不用你爸妈反对，你自己就会放弃这种想法了。女生在结婚前，一定要为自己而活，哪怕只是短短几年。因为婚后的生活并不是你可以完全掌控的，很多事情会分心。我22岁毕业，25岁的时候辞职转行到互联网，完全是零基础。那个时候老家也有机会让我回去做教师，但是我放弃了，为什么？就是因为那不是我想要的生活。现在我过得很好，虽然一切都是新的，虽然很辛苦，虽然要学习很多东西，但我清楚地知道，这是我想要的。"阿玲听完瞪圆了眼睛，说你这么小，居然能这么厉害！我说其实不厉害，只是在按照自己的想法走自己的人生罢了。

我和阿玲算是相见恨晚一见如故的朋友吧。那次party之后，我们就频繁联系了，一个月后，阿玲告诉我，她终于说服爸妈，辞去了当地的工作，准备飞来北京，加入我们的北漂大军。我当时还是很惊讶的，因为就像阿玲说的，辞去公务员，在苏州小城绝对是一件少见的事情。阿玲来北京的时候，我和她那个一起参加party的朋友给她接风，原以为她会带很多行李，结果只有一个旅行箱和一个双肩背，这次穿得倒是很运动风。一周以后，她住进了我帮她找的梨园附近的房子，北京的房子在五六月份特别不好找，因为那个季节刚巧遇上毕业生找工作，大多数人都会在三四月份就把房子搞定，然后专心找工作，好在我认识梨园的一个二房东，很顺利就租到一个次卧，每月一千五，水电另算。阿玲感动我们给她的帮助，她说她以后想要往网站编辑的方向发展。我们就又用了一个下午跟她一起查招聘信息，查可能会用到的面试路线。阿玲人很聪明，来京的第三天，就拿到了两家公司的Offer，一家有五险一金，工资比另一家低一些，另一家工资高，只有五险没有一金。我和她那个"鸡贼"的朋友帮她权衡一番之后，选择了第一家五险一金福利齐全的公司。

我们原以为阿玲这个瘦弱的女孩子在最初的北漂生活中会感到吃力，谁知她入职一周后就跟公司同事打成一片了，之前说好的每周都出来聚也变成了偶尔有空跟我们小聚。作为朋友，我们一点都不怪罪她，反倒因为她快速融入这个圈子而替她感到开心。来京半年后的一天，阿玲请我们去苏州街吃饭，说要给我们一个惊喜。我和那位朋友在苏州街一家咖啡厅等了好久阿玲才来，身后还跟着一位看起来很绅士的男生。阿玲看到我们，就扬手打招呼，又回头招呼那位男生快点过来。我们起身，阿玲介绍说："这位是我的男朋友，这两位是我在北京最好的朋友。"介绍男朋友的时候，阿玲脸上洋溢着幸福和满足，我和那位朋友纷纷表示惊讶，用拖着长音的"哦"来回应她的简单介绍。后来才知道，阿玲入职之后，因为自己之前就喜欢读书和写作，所以做起编辑工作一点都不难，有主管带着，很快就入门了，周末和同事一起出去，其实并不全是都在玩，百分之六十的时间都是去听讲座了，阿玲说，互联网行业有很多免费的讲座，她和男朋友，是在一次App的路演上认识的。男朋友是一家互联网公司的技术，阿玲还傲娇地说着："他实现功能的语言主要可是用Python哦"她说完这话我们都笑了，因为这是我们之前聊过的一个话题，据说用Python工作的男生，都特别专一不花心。

阿玲在男朋友去卫生间的空当告诉我们，男朋友是河北人，距离北京很近，上周末已经见过他父母了，因为阿玲的聪明懂事，男朋友爸妈都很喜欢并认可她，男朋友对她也很好，想要好好交往下去。阿玲感慨，其实没来北京之前，害怕的事情很多，害怕自己年龄大了，辞职以后没方向；害怕自己做了这么多年的公务员，面对其他公司面试的时候，会感到紧张；害怕自己28岁没有男朋友，还要跨越一个城市从头开始。害怕很多很多问题，但是当下决心改变自己生活的时候，这一切，反倒都不再是问题了。因为生活就是这样，其实无论是在苏州，还是换个城市来北京，这些问题，都一样要面对，一样需要慢慢解决。来到北京，反而是换了个环境，自己又找到了刚毕业时的那股冲劲儿。面试的时候，因为自己擅长写作，也就不再感到紧张，阿玲笑着说，其实在面试之前，自己还在网上查了世界500强和互联网公司最爱问的一些面试题，结果面试的时候，一个都没用到！互联网公司的面试，就像这个大环境一样，自由，崇尚创新和分享，入职后，因为自己紧绷的神经，时刻想着学习进步，参加互联网界的创业路演，还遇到了现在的男朋友，一切都很顺利。她说要特别谢谢我，如果不是我，她现在一定还在家纠结着要不要辞职，并且会在父母的安排下，奔赴一场又一场自己根本不想去的相亲。

　　后来我想了下，阿玲现在生活得自在和充实，绝不该归功于我打消了她的那些顾虑，给了她来京的勇气，她真正该感谢的人，是阿玲她自己。因为如果没有足够的自信和能力，突然来京，任何一个人都没办法把现有的生活过得很好。引用作家黄佟佟的一句话作为结尾共勉："其实人生的任何困境，别人基本都是帮不到你的，一切自我的救赎，多数都只能是靠自己。靠自己去悟，靠自己去拼，这样的救赎才是真正牢靠和有效的。"

/ 你的出色，别人看得见 /

周末参加了一个同城活动，主要是交流近些年大家在北京打拼的经历和成绩。活动总共来了50个人，有9个人已经在北京买房，其他大多是正在拼搏奋斗的路上，或者和我一样，是刚刚找到努力方向的职场小白。

因为是在家咖啡厅的开间，大家又都在线上做过一些互动，所以聊起来都很随意，很快就熟悉了。第一轮是自我介绍，开门见山，所有人讲话格式都一致，我是谁，我几几年来的北京，来时薪资是多少，目前在北京几年，我的成绩是什么。所有人回答完之后，我们会随机挑出几个人来讲述这一路是如何奋斗到现在的。

我印象最深的是一个怀了二胎的准妈妈。她来自福建厦门，2007年来的北京，现在在北京已经8年。她大女儿3岁了，刚检查出的宝宝也是女儿，还有5个月出生。她目前是一家外企的职员，刚来的时候，薪资只有800元。当时是一家公司的会计，实习期结束公司觉得很满意她就留下了，每个月负责公司记账和发工资，初入职的公司也很小，总共不到20人，所以工作也轻松，但她不满足现状，每天除了自己的工作，还看很多专业和非专业的书。2008年下半年，她决定辞职到一家大公司做财务，也就是2008年，她开始觉得生活节奏变快，早上八点半上班，她不到八点就到公司，整理文件开始工作，公司经常加班，员工经常抱怨，可她从不抱怨，只是默默地做好自己的工作，有时候还帮部门同事做别人做不完、不会做的工作。时间久了，她的工作能力就被领导看到了，所以入职三个月，转正以后立马加薪10%，这在公司也是先例。

又做了两年以后，时间到2010年，她被一家外企挖去，那时候工资是8k，14薪，她很满足。这家公司人员流动很少，因为是外企，所以各项福利待遇都很齐全，公司很多老员工，任职也已经七八年，她人比较和善，所以老员工也喜欢跟她聊天。老员工经常跟她讲，公司任务繁杂，但不需要计较，只需要做好自己的那一份工作就够了，其他的，不需要管，即使公司派下来其他部门的任务让她做，她也可以拒绝。她微笑点头，表示感谢提醒，但仍会认真做事。她的Excel表格技能在全公司都很有名，所以经常有其他部门的人找她做表格，大多时候她会欣然接受，很快做好送过去，所以人缘也很好。公司每年年底都会有评级，根据评级来定下一年是否涨工资，涨幅多少。等级分为abc+和abc−，a等基本不会有人评到，除非工作能力超出自己职位很多，c+是大多数人的情况，b−偶尔会有人评到，b+更是鲜为人见。而这些，是由部门主管和总监来打分的。她前三年都是c+，薪资每年都涨，但涨幅都在百分之十左右，2014年年底，她的评分下来以后，她超级开心，因为她2014年的评分为b+。

她说当时自己兴奋极了，还把那封评级邮件发给自己的老公看，还星标了一下，因为自己做得努力，终于被领导看到并认可，那一刻，她开心兴奋得不再是金钱上的满足，而是工作能力得到公司领导认可。年后跳槽季，公司有两个同事离职，大家一起吃饭，离职同事喝了几杯之后，打开话匣子，抱怨说公司虽然是外企，福利待遇不错，但薪资涨幅很小，自己在公司已经五六年了，也是老员工，但薪资涨得太少了。她默不作声，心里默默想着，以后还是要努力，因为自己虽然在公司时间短，却比老员工涨薪次数和幅度都大，这正是因为她不爱抱怨，甚至大包大揽了很多不属于她的工作。

她生第一个孩子的时候，一直工作到九个月才回家养胎准备生育，现在的二胎，也丝毫没有耽误她的工作。公司有政策，孕妇可以晚来一个小时，早走一个小时，但她如果不是因为特别不舒服，从来不迟到早退，这些，公司的同事和领导，都看在眼里，记在心里。公司的年会上，大老板还点名表扬了她，这也让她颇为感动，她说自己目前就打算在这家公司好好做，因为遇到一个好公司和好领导，也不是一件容易的事。

活动过程中很多像我一样刚在北京起步的年轻人问她，在北京扎根有多难，有些人抱怨自己做了很多，但总有种怀才不遇的感觉。她很坦然，也很淡定地说，如果还没有被公司认可，一定是因为自己做得还不够好。这个社会，如果在小城市，可能会存在找关系走后门这种现象，但在北京这样的城市，凭借自己努力去闯下一片天，还是很有可能的。她微笑着鼓励我们这些人，说看到我们就像看到了当初的自己。

活动结束，我们三五成群地回来，和几个人聊起这个让我们艳羡，已经有房有车的北漂，他们都说很佩服。其中一个男生说，自己是做IT的，因为近期微信公众号特别火，自己也想多接触一些，于是开了一个公众号，他的同事在同一时期也开了一个。但一个月过去，他同事的粉丝已经涨到一千多人，他的粉丝还是最初开号时宣传拉来的几个熟人朋友。我们都好奇为什么有这么大的差距，他很汗颜地说，他同事从第一天开始，就每天发一篇针对互联网或者IT行业的技术分析帖，也在微博和微信朋友圈推广宣传，而自己却没有。第一次看到朋友粉丝涨到30人的时候，自己也有想过去做，但发现群发的时候还需要扫描二维码，就放弃了。过了几天他又想做图文素材，又发现图文的还需要自己找图，于是也放弃了。过去一个月，就有了这个结果。

听完我们都沉默了，其实每个人都有这样的时候，一个想法兴起的时候，整个人都跟着兴奋了，但是当真去实践的时候，会有一大部分人慢慢放弃坚持。参加完这个活动，被很多人的毅力和坚持感染，也被那位年长一些的北漂深深折服，深感汗颜。就像那位目前来看比较成功的北漂说的，你的努力，别人看得见，你的不努力，别人也看得见。

/ 你的眼界，决定了你的未来 /

"这篇一看就是广告，前边都是铺垫，后面大篇幅的某App介绍才是主要的。"某网友这样评论我的一篇帖子。

这世上什么样的人都有，我们不能勉强所有人都喜欢自己。但一件事你如何看待，后续会受到怎样的影响，会对自己未来产生很大的影响。

曾经因为辞职从传统行业直接跳到互联网行业做运营策划，受到网友的关注，其中不少人表示自己被打了鸡血，看完之后对未来信心十足，感到我这样一个普通人都能做到，他们也可以。我很欣赏这类人，但我更欣赏的是，后面这两种。

第一种是发邮件告诉我说自己在文章中看到了某招聘网站，之前没有了解过，但近期观察了，发现如果自己也想要效仿我零基础转行，这个网站确实是可以关注的。并告诉我，他制订了一套计划，未来五个月内，会跳槽到互联网公司，还期待那时候我们会有更多的交流和沟通。这样的人，是最聪明的，因为一篇文章对他起到的效果不仅是被打鸡血，看到希望，更多的，他能从字里行间找到他需要的资源和信息。我随便一篇文章他可以获取这么多信息，可想而知在生活中，他也会是一个有心人，这样的人，在这个社会，容易走得更远。

第二种人有一小段故事要讲。我入职公司的三个月后，我部门来了一个新同事，她来的时候刚巧赶上我们公司组织去草原，所以我们一周后才有了正式的工作接触。我们从草原回来，她发QQ给我说："你知道我是怎么进来公司的吗？其实还要感谢你。一年前我就有了辞职的想法了，但当时没那么大勇气从南方小城辞职到北京从头开始，直到看到了你的那篇日志，我才下定决心辞职。也从那篇日志中得知了你的公司，关注之后开始投简历，做面试准备，于是现在我就坐到了你的面前。"

当时真的很震惊，因为我从未想过自己的一篇日志能有这么大威力，第一种人从文中提取重要信息已经让我佩服得很，当坐在我面前比我大几岁的姑娘告诉我因为看到我的这些信息，才来到我公司任职，我更是惊讶。

回到开始说的那篇被一位网友当作广告的文章，我在回复中告诉她，我大篇幅写App的使用方法，是因为大多数人股票开户都会去券商，但券商的佣金率都很高，初学理财的人，都不懂券商需要什么手续，也不懂佣金率对自己的影响，所以我才大篇幅介绍这个App如何网上开户，并且佣金率是万分之二，比券商低很多。我只是为了分享我知道的信息而已，并且我就是一个普通人，也不是那家App的职员，没有任何让我写软文广告的可能。

之后那个评论者回复我说，我不懂股票，也不会理财，所以我认为，它就是广告，她说自己是1987年的女生，从不关心理财问题。我想大多数不擅长理财的人，看到当时那篇介绍了很多种适合理财小白的文章之后，最大的体会就是自己落后了太多，得从当下开始学理财，因为跟自己的生活息息相关。

我身边1992年的很多姑娘都开始炒股理财了，1987年的姑娘对我的评论，就让我想到了眼界问题。一篇文章，你可以按照自己的想法想别人写这个文章有什么目的，也可以从这篇文章里提炼自己需要的信息，前者你会因此排斥这些信息，后者却会根据自己需要来学习运用。我想这并不是一丁点儿的区别，因为你的态度，绝不会只体现在一篇文章上。

我身边有很多同事，大家免不了对一件事情有不同看法，但可以观察，长期对事情有消极看法的同事，混得都不如那些善于从事件中提炼重要信息运用在自己生活中的同事。

你的眼界会决定你的未来，同样，对一件事情的看法，甚至一篇文章的读后感，都会决定你的未来。

/ 只要不停前进，
就会离梦想越来越近 /

"其实我从未想过离开北京，只是，北京并不是每个人都爱得起的。"

云舒离开北京回老家之前，找我一起去我们刚来北京时经常去的一家餐厅吃散伙饭，说这句话的时候，她正用手里的筷子，在麻辣香锅里，胡乱扒拉着，其实她也不知道自己在翻找什么，只是眼睛呆滞地看着筷子。我安慰她说："其实在哪里生活都好，回四川老家也不错，至少离父母近一些。家里安排相亲，也方便许多。老家也并不是村里，而是县城，发展不如北京，但也自有小县城的自在与清闲。"

云舒举杯笑着对我说："祝福你。"接着她把杯中的橙汁一饮而尽。虽不是酒，云舒的状态，却有点酒醉的意思。吃完饭我们漫无目地走着，回忆刚一起来京奋斗的日子。

云舒是我来北京以后认识的，那时候我们俩一样，都是初来北京的北漂，没有任何依靠，任何事情都靠自己。找房，搬家，找工作，全部依靠自己。偶尔有点小困难，也只能是这个小圈子中的人伸手拉一把。我和云舒的不同在于，我一直盲目地自信，认为自己一定可以留在北京。而云舒是个悲观主义者，每次聚会，她念叨最多的，是未来迷茫，看不清方向，总觉得北京快要抛弃自己了。而我大多时候是过度乐观，认为北京任何人都爱得起，只要自己坚持，不停地前进，就会距离自己的梦想越来越近。

云舒是一家红酒公司的采购，认识她的时候，我是一家元器件公司的销售。我们并没有业务上的往来，却因为都属于外贸行业，所以格外亲切。两年里云舒都待在同一家公司，同部门的同事，业绩都比她好，甚至前段时间一个刚毕业的实习生，也在三个月内有了订单，云舒觉得越来越吃力，越来越觉得自己不适合这个行业。她无数次地跟我倾诉说想要辞职转行，却迟迟没有任何行动。

终于，这家公司的采购主管找她谈话了，大概意思就是，从云舒进公司到现在，一直没有太好的业绩，偶尔成交一次订单，也是需要主管帮衬很多，后期订单跟踪，也是频频出错。主管说，并不是因为她个人能力不足，而是她总是瞧不上自己的这份工作，公司同部门里的人，云舒学历最高，是四川的一所一本学校毕业的学生，其他人大多是二本三本，前段时间来的实习生，还是一个大专毕业生，所以云舒总觉得，自己学历高，却和这些人混居在同一家公司，便无法把心思全部用在工作上。

主管找她谈话之后，次日她就递交了辞呈，其实这两年里，她自己也过得不开心。来北京的第一年，交往了一个男朋友，一年后，男生妈妈不同意他们在一起，就分手了，半年后，男生结婚，云舒伤心欲绝，情场失意的情况下，工作也更是没有心思做好。她终于下决心要回老家，其实我也为她感到开心，因为她现在的状态，或许更适合回去。云舒说："家里的同学大多结婚生子了，我工作两年多，依然是这个状态，比起刚来北京，也没太大进步，倒不如回家结婚，起码在生活上，没有落下太多。"

云舒走了，我开始渐渐觉得，这一切，其实都是自己造成的。虽然是好姐妹，我从心底希望她能够实现自己的梦想，但现实如此，谁也改变不了。

和云舒比起来，我学历和各方面都差她很多，我的大学是一个不知名的大专院校，但我从未感到羞愧或者后悔读这所大学。我一直觉得，人生就好比龟兔赛跑，终点和目标是一致的，那乌龟速度虽然慢，但只要他勇往直前，总有一天，他同样也会到达兔子毫不费力就可以到达的终点。

2011年6月，我跟随学校去了上海进行社会暑期实践，到那里的第一个周末，我就去楼下熟悉周围环境了，无意间发现了一个居民社区，那里有图书阅览室、舞蹈室，也有免费上网的房间，于是我第一时间办了卡，每周只要有时间，就来这里读书上网。8月底当大家还在继续实践的时候，我已经拿到了在电子阅览室投递简历的回复，当时投了3家天津的公司，全部收到面试，于是我在9月初，递交了提前结束暑期社会实践的申请报告，回来面试。

所以我比我们那一批同学都早进入社会，早开始面试工作。12月份当大家真正开始找工作的时候，我已经结束实习期，正式来北京找工作了。第一份工作是外贸，我还记得那时候我经常看北京的房价，励志要在北京有自己的房子，要在北京扎稳脚跟。第一份工作的两年内，经历过两次加薪，到离职，薪资刚好是刚去公司时的两倍。当时也经历过一段很尴尬的时期，没有订单，发出去的上百封邮件没有回音，我想我和云舒最大的区别就是，我不认输，从来都不。那时候年轻气盛，总感到只要自己努力，一定会有回报。所以最终也拿到了订单，拥有了一批稳定的客户。再后来，因为偶然机会，转行到互联网公司，一切都是新的，我作为一个零基础的互联网新人，每天能做的，就是不断学习不断进步，公司里的任何一个人，甚至比我小的同事，都是我的老师，和他们总能学到些什么。三个月后，我终于可以独立负责自己的小组，也是在马上进入第二年的时候，再次加薪。

2014年6月份，我和男朋友买了人生中的第一辆京牌车，2015年3月份，我们在潮白新城看好了房子，我知道，虽然现在我们还没有真正在北京站稳，但距离我们扎根北京的梦想，真的越来越近了。有人说，当你月薪只有两三千的时候，你扎根北京，想都不敢想，但当你月薪慢慢涨起来，你会发现，这一切，都会不再只是梦想。

云舒回老家之后，又打来电话，说在朋友圈看到了我们的动态，恭喜我们马上就买房了。她告诉我们，回家之后，她见了父母安排的相亲对象，可能下月就结婚了，谈不上多喜欢，但是至少不讨厌，自己再也耽误不起了，下半年打算考当地公务员。我们祝福她，也真心希望她可以过得开心。

记得刚来北京的时候，就有人说过，北京是一座有魔力的城市，无论你对北京爱也好，恨也好，最终，你都会选择北京。这就是北京的魅力。只是，很多时候，有些人来北京，只是体验了一番快节奏、高速发展的城市生活，而有些人，则是从一开始，就奔着扎根的目标去奋斗去努力的。

　　我和云舒的经历，经常被大家拿来当笑谈，我从不介意，朋友们常说，一个大专生，可以做到本科生做不到的，实属不易。其实我从未感到这个学历给我带来过任何的劣势。毕业工作几年之后，学历或许真的不再能代表什么，重要的是，你拥有不断学习，不断进取的能力。愿我们都有梦为马，有处可栖。

/ 现在自己和未来自己的战争 /

Sara是我见过的，最让我感到初见和再见差别巨大的女生，没有之一。

我和Sara相识于一次高中同学的婚宴，当时伴娘团和伴郎团都特别庞大，一边7个人，Sara是高中同学的邻居，其余6个伴娘，都是我们高中时期最好的姐妹。伴娘这边只有Sara还没男朋友。巧的是，伴郎那边也只有一个男生没有女朋友，那个男生，叫大宽。基于这个搭配，我们婚礼当天，除了配合新娘新郎完成婚礼流程，私下里，我们也没少拿Sara和大宽开玩笑。

　　Sara是那种自来熟的女生，大大咧咧，看起来神经大条，微胖，却笑得很好看。我们都说她如果瘦下来，绝对一女神形象，婚礼当天我们这样说，Sara边呵呵地笑，边用余光观察大宽，事后我们才知道，原来这姑娘在婚礼上对大宽一见钟情了！想来也对，大宽这个名字从字面上看，容易被人误会是一个又矮又胖的男生，可这个男生却偏偏不是，用Sara的话来说，大宽是她见过最干净、最绅士、最配得上她心目中男神称号的男生。

　　再见Sara还是跟当时的高中同学有关，婚礼一年后，她生了个眼睛大大的女宝宝，发了朋友圈，说请我们去家里吃饭，顺便看看她的小公主，我们欣然前去，结果一进门就瞅见了一对亲昵的情侣，这两个人不是别人，正是当年的大宽和Sara，只是那时的Sara，看起来至少瘦了30斤，真的成为了我们当时预言中"瘦下来会是女神"的女生，直发，淡妆，单眼皮却是大眼睛，刘海偏向一边，时不时用手撩下头发，女人味十足。我和几个最后去的女生无一例外地将关注点都投到Sara身上，高中同学也开玩笑嗔怪我们说，喊我们来是看宝宝，聚会，而不是看女神如何蜕变的！

原来那次婚宴结束之后，Sara鼓起勇气跟大宽要了联系方式，大宽开始不想给，因为他下意识地感觉，这个女生跟自己要联系方式，并非只是做朋友那么简单，但碍于面子，还是给了。Sara拿到电话之后欣喜若狂，之后的一个周末，就约了大宽出来吃饭。大宽不好拒绝，只好前来，但用大宽的话来讲，当时自己在咖啡厅等这个胖胖的姑娘，总有种小羊在等狼的感觉。落座后Sara开门见山地告诉大宽说："那天婚宴，你是伴郎，我是伴娘，说实话我偷瞄了你很多次，我是个很直接不爱拐弯抹角的姑娘，所以我直接说，我好像有点喜欢你了，并不是因为你帅气，而是那天无意间看到几个来宾的小孩追着跑闹，其中一个五岁左右的女孩摔倒了，你第一时间跑过去抱起，给她吹手上的灰，并问她痛不痛。那一刻我感觉，我希望我未来的先生，也像你一样温暖阳光。"

大宽虽然知道这姑娘可能对自己有意思，但从没想过会是这样的开场白。所以他愣在座位上一时间不知道该说些什么。Sara继续说："我是不是吓到你了？我没有别的意思。我也知道现在的自己，可能根本配不上你。"这时候大宽连忙摆手，意思是没有这个意思。Sara尴尬地笑笑说："其实你不必害怕伤害我，我一直这样，大大咧咧，心宽体胖。"Sara边笑边说："大宽，你愿意给我一个机会，让我因为你，变成婚宴那天他们所说的女神吗？"大宽不善言辞，只是淡淡地说："其实，现在你也可以是女神。"Sara说："我不要任何人的怜悯和敷衍，我只是希望，可以有一个人见证我的蜕变。我也相信我能蜕变得更好。"

期间的细节Sara和大宽都没有细说，只是知道，一周后，大宽办了两张健身卡，每天早上六点，大宽就会给Sara打电话喊起床，小区里面跑几圈之后，就去健身房，健身到9点多，两个人就分开洗澡，谁也不用等谁地去上班。三个月后，大宽练出了人鱼线，Sara也瘦了10多斤，Sara得意地说："你们不知道，当时大宽有多势利。我胖的时候，他连逛街都不乐意找我一起，我瘦下来以后，他走哪儿都喜欢喊上我。"大宽听了这话，在一边挠头笑。

我们好奇地问："所以你一直坚持锻炼，到现在，就瘦成女神了？" Sara笑言道："快别叫我女神，但瘦下来，还真的要感谢大宽。要不是他，我不会坚持下来。我确实瘦了30多斤，我自己也惊讶于自己的这种改变。"后来我们才得知，Sara瘦下来20斤的时候，大宽请她去了一家五星级西餐厅，说要恭喜她减肥蜕变成功，在那个餐厅里，大宽对Sara说了喜欢，大宽说自己最开始对她没有任何感觉，后来看她一直坚持，并且真的一点点地瘦下来，锻炼、健身的时候再苦再累都没有在他面前哭过，总是保持着阳光般的笑容，大宽就被她彻底打动了。从Sara约大宽在咖啡厅表白那次之后，Sara再没提过做大宽女朋友的事，时间久了，大宽却急了，害怕Sara变心了，不再喜欢自己，所以大宽在那个餐厅里，正式跟Sara提出做他女朋友的请求。Sara自然美美地答应，也就有了后来两个人亲昵地出现在我们聚会上的情景。

参加那次聚会的女生里，也有几个是重量级的姑娘，她们纷纷围坐在Sara身边，问东问西，问得最多的一个问题就是，你真的能坚持下来？尤其控制饮食，是如何做到的？

几乎所有人都知道，Sara是出了名的喜欢吃甜点和膨化食品的人。据高中同学说，Sara在家休息的时候，零食基本不离手，也不喜欢喝白开水，只喜欢喝酸奶饮料。Sara后来说了一段话，让我们所有人都安静下来开始反思自己。"其实减肥也好，改变也好，都很难，因为要否定之前的自己，说不难是假的。既然要否定，就一定会有改变。改变并不容易，打破之前的一切习惯，重新养成新的利于自己未来目标的习惯，是一个很难的过程。这个过程，就好像过去的自己，和未来的自己，打了一场硬仗。这期间，你会有无数次想要放弃的想法，也会无数次想哭或感到委屈，但是否坚持下来，就决定了是现在的自己赢，还是未来的自己赢。"

过去自己和未来自己的战争，这个说法还是第一次听到。但身为不断寻求改变和不断做改变人群中的一员来说，我非常认同这个观点。就好比我们攒钱，攒钱其实就是为了未来能花得有底气，遇到事情的时候能不捉襟见肘。但攒钱这个过程中，也会有很多次想购买各种东西的念头。现在的自己如果不顾后果，每个月的工资都拿来花光，未来的自己就会没得花，或者说需要购买大额商品的时候，没有足够的钱购买，而若是为了未来自己能够花钱很方便，现在的自己就要有计划地克制

149

消费。很多很多，备考、减肥、攒钱、护肤，其实都是现在自己和未来自己的战争。

很幸运地见证了Sara和大宽的爱情，也很欣慰看到了Sara的蜕变，也深深被这个阳光积极的姑娘所感染，愿未来的自己，永远都在和现在自己的战役中，旗开得胜，稳赢不输。

/ 今天的成绩，
是否配得上过去的努力 /

今年是毕业第三年，也是北漂第三年。

还记得2012年年初刚来北京，我租住在北师大附近的部队大院里，没多久就过年了，过完年回来上班，站在二炮医院和家属院之间的天桥上，望着来来往往的车辆，心里暗想：北京，我又回来了。并且，来了，就没想过再离开，未来我一定会扎根这片热土，还要开出花来！

回想过去三年，印象最深的，不是刚来北京人生地不熟的场景，而是第二次搬家租住到西直门隔断间的那段日子。六十多平方米的房子，被房东请人隔断成五间卧室，卫生间厨房大家共用。在寸土寸金的二环，当时那个只能放下一张床一个柜子就再没任何空间的房间，租金也要七百元，加上水电煤气，每个月住宿开销在一千元左右，当时月薪还不到四千，但有个好处是，我们公司就在附近，每天走着上班，和其他舍友的上下班时间错开，也就免去了抢用厨房和卫生间的麻烦。

隔断间都是石膏板隔开的，房间只有一个暗窗，所以一进门就要开灯，房间冬冷夏热，冬天还好，夏天闷热到一进屋就必须开电扇，不然就压抑到无法呼吸。我房间里放了一个上下铺，因为我和同学朋友分散在北京各区，周末偶尔小聚，她们可以留宿。

没错，就是这样一个小到两个人进去就无法转开的房间里，在那个时候，我们依然可以一起做饭，一起卧床夜谈，一起做着我们的北京梦。

　　2013年我妈来北京看我，我去车站接她，带她回住处的时候，真的很有一种冲动想要把她立马送回老家，不想她看到我当时的生活环境。还记得那天我故意走得很慢，想着如何跟她交代现在的生活。终于我们还是到了楼下，上4楼，进门，我打开房间的门，很尴尬地说："妈，你随便坐。"其实当时的那一小块空间，根本配不上"随便"这个词。

　　为了缓解我妈对我生活现状的担心和难过，我说你坐着看电影，我去做饭。二十几分钟之后，我便做好了三菜一汤，因为房间小，我们只能在床上放了一张小桌子，只记得那天我妈吃了很多菜，并一直夸我说长大了，能自己照顾自己了。心里个中滋味，或许也只能自己体味。

　　后来由于某些原因，我换了住处，离公司近一小时的车程，但房间有三十多平方来，床换成了双人的，衣服终于不再只能叠放在床下的行李箱里，我有了自己的柜子，还有写字台，以及独立的卫生间和厨房。再后来我还买了冰箱、洗衣机、烤箱、电压力锅，按照我自己的喜好，布置了房间，让住处不仅仅只是住处，而是越来越有了家的感觉。

2014年4月，因为一个偶然机会，转行进入互联网行业，也正是从那时候起，开始感到北漂生活越来越有意思，越来越有希望了。好像也是从那时候开始，各种机会大门都陆续敞开了。

认识了很多行业内的人，接触了更多的行业知识，有了很多新的人脉和关系，圈子越来越大。又因为读书写字的兴趣爱好，认识了很多原创作者和出版社编辑，也为此又开辟了一条新的道路，更是增加了很多出版、开源的机会。

我曾在22岁的时候，羡慕北漂中月薪很高生活质量也很高的人，后来慢慢成长，发现有些东西，只能靠经验积累，岁月沉淀，急不得。

今年是北漂第三年，之前的种种急于求成，都在这一年变得坦然淡定起来，收入比起刚来北京的时候，早已翻倍，生活也随着月薪越来越高，变得有质感起来。想起这三年变化真大，如果问我，有没有什么东西没有变，我想就是那个想要扎根北京的梦，和那颗永远相信明天会更好，机会和希望都会越来越多的心吧。

有人说在北京待三五年以后，会被北京房价物价的现实打败，终究还是会打包了当初来北京时所带的行李，离开北京，回去小城生活，但我不这么认为，每年来北京的人，不计其数，留下的人，也确实是看到了北京的现实，这个现实，绝不是高昂的房价和物价，而是高昂的房价物价之下，自己还有能支付得起的可能。

三年前我除了梦想，一无所有，三年后我有了存款，有了底气，有了圈子，有了更多机会，有了别人抢不走的自信和能力，如果问我，回忆起过去的种种不容易，会心酸难过吗？我想不会，因为现在的成绩，配得上过去的种种努力。

/ 除了自己，
没人能给你想要的生活 /

　　我有个很有才的朋友，是我圈子里为数不多可以称之为很有天赋的男生。小时候他有个残疾邻居，无儿无女，因为身体残疾不方便，大多数时间也就宅在家里。这个邻居很擅长写毛笔字，他小时候经常去他家玩，耳濡目染就渐渐对书法和绘画产生了浓厚的兴趣，于是拜师学艺，越练习字写得越漂亮有型。

　　"非典"那年我们才上六年级，他就已经因为在书法圈子里小有名气，而被各个公司请去写"众志成城，万众一心"了。上初中的时候，班里的墙上也挂着他的毛笔字，内容忘记了，大致是激励我们好好学习的励志名言。后来我们分开上大学，他读的是设计专业，毕业以后在一家图书出版社做封面设计，刚入行不久就做得不错，领导同事都很赏识。他家里条件很好，爸爸是在铁路上工作，妈妈在打理一个火锅底料厂，据说是有祖传的秘方，所以他家做的火锅底料，一直都很受市场的欢迎，销量一直不错。火锅厂生意越做越大，他妈妈就喊他回家帮忙，说在一家小公司做设计能有什么前途，回来帮忙做生意，以后继承这份祖传的产业，才是正道。

这位朋友耐不住家里的一次次劝说，就辞职回家给家里的火锅厂帮忙了。大概过了半年吧，火锅厂生意依然不错，但厂房里很多东西都可以机器化了，员工也不多，也不需要花费太多精力管理，他就闲了下来，于是又报名跟设计有关系的UI设计专业，想要未来可以转行到互联网行业做UI设计。现在培训结束，看他画的图和设计的图标，应该算是学有所成，可正当他想要投简历给各大公司的时候，他妈妈又打电话来阻挠，这次是说，铁路局在招铁路子弟（他爸爸是铁路员工），资料已经递交上去了，一旦分配下来，就可以入职了，工资六七千，用他妈妈的话来说，这是一个别人想要却得不到的金饭碗。

近期他和他妈妈因为这件事快吵翻了，一个坚持说你无论去大公司还是小公司做设计，别人不想要你了，一样可以开除你，而铁路的工作，稳定又轻松，各项福利都齐全，放着金饭碗不要，就是傻。一个坚持说我有我的想法，我学了UI，我就要做UI，六七千工资不是我想要的，那个铁路的圈子也不是我想要的。

也许是爸妈那辈人跟我们的想法不同，可我觉得，时代也不同了。他们那时候资源匮乏机会也少，还赶上了下岗大潮，所以是吓怕了，尤其是如果一个家里，赚钱的主力下岗了，整个家的天都好像塌了一样。而现在不同了，金饭碗决不再是不会被辞退的工作，而是走到哪里都能生存下去的一种能力。

我们这代人，经常被称为最幸福的一代人，从小娇生惯养，到了该工作的年龄，很多父母可以为孩子谋得一份还不错的工作，稳定又多金，该结婚的时候，父母还可以帮忙安排一个门当户对的相亲对象，于是这代人就在家长的安排下，看似顺理成章地幸福了。其实呢？这真的是我们想要的生活吗？

《奇葩说》里面有个选手曾说："你愿意让你的生活像一张说明书吗？一辈子能看到头，望到边，一成不变直到终老？"我是不愿意。我一直都认为，生命只有一次，诚然，爸妈是给了我生命，我该感恩感谢，但是这并不代表他们可以安排我的生活，那像复制一样的生活又有什么意义？就好像这位朋友说的，他爷爷是铁路的，他爸爸也是铁路的，到他这里，他不愿意继续重复他们的人生，况且自己又不是没能力没想法。他妈妈的步步紧逼和他的不想退让使得他们家里现在的关系很紧张，这也让他很是郁闷。父母的不理解不支持，一方面是上一代人的生存环境所致，另一方面，我觉得是信息闭塞，思想落后造成。毕竟小城市眼界还是比不上大城市。

我们虽然生在小城市，但是我们这一代人，有互联网，有新媒体，可以了解到更多更大的世界。毕业以后我们选择来大城市打拼，也是为了有更大更宽的知识面，也为自己增加长见识的机会。想起一本书中说的："打个比方，你一直接受的是在河里游泳的教育，但是，有一天你看到了大海，你已经习惯了河流，所以就根本无法想象在大海里遨游的样子。其实在大海里，只要你有力气，你就可以去任何你想去的地方。"我感觉仿佛作者懂我所想的，在此产生强烈共鸣。在家一切都是定式，仿佛成功就是结婚生子，有房有车，就算是过得好。那种一眼望到头的生活真不是我想要的。北京就好似大海，有很多不同的方向。成功也可以被定义成很多种。只要你不忘梦想，一直努力，即使未来不能完全实现梦想，但是在追求梦想的路上的经历，已经足够精彩。

你想要什么样的生活，只能自己去把握。我高中毕业以后，我妈说咱家没有什么背景，圈子只有教师，以后能帮你的，也仅仅是在教育行业谋一个职位，你报师范吧。我当时铁了心地报商务英语，并且铁了心地要去滨海城市上大学。所以跟我妈拗了一整个假期。我妈理由是，教师稳定，一年两个假期，养老退休都不用你操心。我的理由是，我最不喜欢的就是教师，圈子小，眼界窄，接触的都是学生，思想也单纯，你就是教师了，别让我也做教师。高考毕业后的那个假期是我上学期间最难过的一个假期，最终结果是我死磕到底，上了商英专

业，毕业以后也没有如我妈的愿回小城生活，而是在北京一直
工作到现在。虽然后来我又辞了外贸工作转战互联网，但这每
一步，都是我自己选择的，不同人生阶段的努力方向和圈子，
都是我自己想要的。

后来路越走越宽，认识的人越来越多，照顾自己的能力也
越来越强之后，我妈算是认可我了，说你有主意有想法，也有
能力，就按照自己的想法走吧。没错，我在北京租房，每天上
下班通勤时间加起来要三个小时，我计划经济，投资理财，过
着今天不努力明天就有可能被淘汰的高压生活，但这是我想要
的。我老家的朋友在父母的安排下进了政府机关，每天喝茶看
报坐等下班，当然，他们假期偶尔也会出游，但我要的是每天
都年轻的生活，而不是假期短时间内的充实快乐。

自己想要的生活，只能自己努力给自己，倘若选择被别人
安排，就永远都只能按照逻辑出牌，人生会失去很多本该有的
意外与惊喜。我可以很自豪地说，我过着我想要的生活，即使
在过去的生活里有着困难和失败，但这些都是我人生中宝贵的
财富，这些看上去是受挫的经历，实则都会将我未来会走的

路，铺得更广阔更平坦。待我真的老了，和小辈们聊起年轻时的生活，也可以跟小辈们说我没白活，可以跟他们分享一些有价值的人生经历和建议，而不是讲那些我爷爷会讲，我爸爸还会讲的如出一辙的故事。

第四集：
爱的感悟，不忘初心

小时候一直以为，王子一定要历尽千辛万苦，才能得到公主的爱，终于在一起以后，也要经历很多刻骨铭心的事，然后轰轰烈烈地过一生才是浪漫，后来发现，爱情不是偶像剧，愿我们都能不忘初心，收获属于自己的幸福。

相见恨早

——谨以此文纪念我回不去的青春和错过的你

<u>1</u>

　　那天阳光暖暖的，有一缕阳光透过教堂的窗子射进来，斜照过教堂里的第四五排椅子，我穿着婚纱坐在第六七排处的座位上，看着教堂里的人们忙绿着。

　　人不是很多，未婚夫和婚礼主持在教堂前面安排着婚礼最后的事宜，不远处略显紧张的伴娘我不熟悉，只看到穿着白色的纱裙。我托着下巴，安静地看着教堂里的人。

正走神的时候，教堂大门开了，我转身，看到他微笑着朝我走过来，我拎起婚纱裙摆，走到过道，他拉起我的手，紧紧地，似乎这一秒不这么握着我，下一秒，就再也不会有机会，或者说是，再没有理由握我的手了，只因我马上就会成为别人的新娘。

他什么都没有说，但是我却似乎什么都懂。放开我的手，他径直走向新郎，我曾无数次地想过，如果结婚的对象不是他，那他会不会在婚礼当天来砸我的场？结果，他没有。

我在不远处看着他们，他拍了拍新郎的肩，说了些什么，我努力去听，却什么也听不到，感到他大概在嘱咐新郎以后要对我好。

至此，梦醒。

2

从2007年开始，我就一直坚信，我会嫁给他。直到2013年9月9日，这样的想法，终于彻底结束了。

七年过去，终还是物是人非。不知道是不是每个人的青春岁月里，都有一段美好又注定会成为遗憾的记忆。年少轻狂，给了我们太多的任性，也终于造成了青春里抹不去的遗憾。他结婚的那天，并没有通知我，不知道是不是在一起时间太久，彼此了解，所以在很久不联系之后的那天，有种不联系他就会死的感觉，于是打给所有可以联系到他的朋友，听到他当天结婚的消息的时候，一时间彻底慌了神，语无伦次地问着关于新娘的一切事情，听说他们恋爱不到一个月就决定结婚，更是想立刻买票回家去阻止这场婚礼。

挂了电话突然又想起不久前的梦，不知道是不是预示着这一切，也许我也该像梦里他对我做的那样祝福他。打了几个电话，其实我也不知道自己当时要做什么，只是想通过打电话，让自己安静下来，不去做傻事。给朋友打完，还是觉得不能安静下来，拨通家里的电话，我妈问，怎么了？我说，他结婚了，说完，终于泣不成声。我自顾自地说着我自己都觉得乱七八糟的话，我妈安静地听，最后说，放开吧，这么久了，虽然分开，和别人恋爱，却在每次恋爱中都不能专心，都有他的影子，现在他结婚了，该认真恋爱才是，不要委屈难过了，生活要继续，爱情，也还会再有，该一心一意对眼前的人……

其实我什么都没听进去。只是也许是家人，让我安心了不少。那天晚上很早就躺下了，回忆着这七年来我们之间的联系，九点的时候，我想，那个时间，他应该和新娘躺在一起，或许身边还有一群闹洞房的亲戚朋友。哭过以后觉得安静了不少，起来找同学，要他的婚纱照，第二天朋友发给我，看到新娘，说不上什么感觉，只觉得，他笑得开心，以我对他的了解，他不是喜欢凑合的人，倘若是结婚了，应该是真的爱了吧。女生看起来乖巧，未来应该会是个好媳妇。我妈说你看他婚纱照笑得幸福，所以他并不难过，如此，就该都放开。

也许是这样。

3

七年前我们在同一所高中读书，他是班里的第一。斜对面的女生转学了，他就坐到我斜对面。之前不怎么说话的我们，因为离得近，就有了说话接触的机会。年少时候的爱情就那么简单，几句话，几个眼神，就喜欢上了，却谁都没有说破。

没多久，高二分文理，我以为故事就结束了，却在一天下午收到一封信。那封信现在还留着，用的是我们学校发的劣质纸，写的却是当年最真的情。在物欲横飞的现在，回看当年的信，不禁会感动于当时单纯的感情。

第一次约会，我问我妈，我十八岁了，有个男生约我，我喜欢他，我可不可以去赴约，我妈说可以去，要有自己的分寸，在爱情中，要保持高姿态。于是我光明正大地早恋了。

我们在一起的时间并不多，每天各上各的课，晚上他送我回家，算下来，每天在一起的时间，也就是晚上回家那段路的十几分钟。

还记得有次体育课，我从操场回教室，路过他们班楼下，他的一个朋友从四楼朝楼下喊我，某某他媳妇儿。我抬头看，害羞地快步走回教学楼，内心又一阵激动。我一直以为，某某他媳妇，这个称呼，非我莫属，却没料到，几年后，他的媳妇，另有其人。

高三为了考学，他转学去了另一个省的高中。我们约定一起努力考同一个城市的大学，平时不联系，每周二他给我打电话。从那时起，我开始一个人回家。

每次周二我会快快吃完饭收拾好，回卧室等他电话。那时候因为一周一次电话，所以倍加珍惜通话时间。从这次通话到下次通话，我会无数次地想，无数次地列出下次通话的提纲。他中午休息时间有限，有时候给我打电话，我因为吃饭晚会错过他的电话，接下来的一周，就会在懊恼和期待下次电话中度过。我承认，那段日子，我们都很辛苦。

终于高三毕业，他高考失利，没有考上自己想要考的学校，没有达到心理预期。他失落的同时，我也觉得分开太久，没了当初的感觉，毕业后就分手了，大学生活就在不知不觉中到来了。不知道为什么，那时候他说，我一天不结婚，他就有一天追求我的权利。后来经过一个假期，我们又和好了。现在想想，那时候的分分合合，怎么来得那么容易。

4

大学彻底成了异地恋。我们又开始靠通电话来联系对方。异地恋好辛苦，想见的时候见不到，需要对方的时候又远隔千里。好在我们有各种小假期，每次放假，他就坐九个多小时的火车过来看我。那时候12306网站还没有开，不能提前买票，导致每次来都没有坐票。他会站一夜，然后第二天出现在我宿舍门口。

当时的自己就那么任性，从不知道体会那种辛苦，现在回忆起，觉得自己特别混蛋。好多记忆，现在回忆起来好像发生在昨天。我们一起去联峰山，他背着我走，我指着前面说就到前面那棵树，然后到了，我说，前面那个啊不是这个，他就继续走，如此，走了好远，他明知道我是故意的，却也不放下我。现在回忆起来，好想对那个时候的他说，真的谢谢你那么无条件地宠着我。

有次十一我们都没有回家，赶上中秋节，我看到海边的人们都一家一家的，不禁想家，就哭了，他站在一米外的地方发信息给我，说我陪着你呢，茜要坚强。我就一直哭，说不要过来，不要过来看这么丑的我，他就一直站在一米外守着我。哭够了，又没心没肺地去玩，他就逗我，我们在海边跑啊闹啊，也就忘记了佳节的时候远离家乡的乡愁。

还记得有一次九天假期，我们分开放假，只有三天重合，他来秦皇岛找我，三天之后他要回去上课，不禁想哭。我们放孔明灯，孔明灯飞上天的时候，我们许愿说一辈子都不分开。那天秦皇岛下了雨，那种气氛下，我又任性了，我说我要和你一起走，于是我们临时决定买站台票混上火车。就那样，我第一次去了他读书的城市。

我住在离他学校很远的地方，他能逃的课都逃了来陪我，不能逃的，就去上，我就在住处玩电脑。他带着我逛保定，吃我想吃的东西，学生时代我们都很穷的样子，他却从没委屈过我。去超市我说我要吃这里最贵的冰激凌，他就带着我去买。刷卡，他说，你来输密码签字，现在刷小额，以后，我让你刷大额，我就幸福地笑。

那时候他总骗我说我们只剩两块钱，却在我想买什么的时候，神奇地变出足够的钱。我们一起逛街，看到镜子就一起做表情做动作，一起疯，一起二。那时候他借了自行车，每次上完课他来找我，都满头大汗，他说你在这里，我怎么有心上课。我就满足地笑。

我的生日在五月份，有天我在住处玩电脑，听到声音的时候，门打开却不见人，看到的是一个超级大的蛋糕，然后跑过去开门，他站在门外，又是满头大汗，气喘吁吁地说生日快乐。我想那是我人生中，最有纪念意义的一个生日。他是班干部，当天有任务，我打字快，帮他做表格，很晚才做完。我们吃蛋糕，太大了，吃不完，剩下的都玩掉了，抹在脸上，还录了视频，回到学校还跟舍友分享。

　　还记得大学的时候时间多得很，没耐心的我，决定要做一个大工程，花了一个月的时间绣了一个十字绣抱枕给他，不知道现在抱枕是否还在。他收到的时候，说好幸福，谢谢我，那时候真的是任性到极致，就因为他少说一句辛苦了，我说你体会不到我的辛苦，你要受惩罚。那时候正逢冬天，很多舍友在织围巾，我说你去体会下我的辛苦，织个围巾给我。他被逼无奈，就去买了线，跟阿姨学，来秦皇岛看我的时候，带来了他织得歪歪扭扭的围巾，嬉笑着告诉我，每天晚上他在上铺织围巾，笨手笨脚，引来很多同学围观。

　　那时候就是那样，我任性，他无条件包容我的任性。《蜗居》热播的时候，他给我看了一小段视频，说海藻把小贝弄丢了，让我不要把他弄丢了。而最终，我还是把他弄丢了。

　　他很少唱歌，印象最深的一次，是和他在海边，和我的舍友一起做游戏，结果我们输了，我的舍友瞎起哄，要他拉着我的手，深情地唱给我听。记忆里，那是我为数不多的害羞，他看着我，缓缓地唱"好想牵你的手，走过风风雨雨，有什么困难我都陪着你"。那一刻，仿佛世界都停止了，旁人都虚化了，只有我和他，幸福着。

我们曾经无数次幻想未来的美好生活，却在走向未来的路上，走散了。

5

分开是我提出的，他去山西一周，没提前打招呼，因为没信号一周都没消息，我生气，他回来我就提了分手。后来他来秦皇岛找我道歉，当着舍友们的面说他错了，态度诚恳，我却怎么都不肯原谅他。就那样，我们分开了。但是当时就觉得，他是我的，即使分开，他还是我的。不知道哪里来的自信。

我经常说的一句话就是：我就是这样的脾气，永远不会变。后来他有了新的女朋友，那个女生联系我，想要了解他的过去，我得知以后打过去对他歇斯底里地喊，明知道是自己不要他了，却在那个时候委屈得像是他抛弃了我。

后来他分手了，说对那女生不是爱，而是因为有我的影子。从那时候起我们开始了一次又一次的错过。

我恋爱，分手，心里却有他的影子，却也从那时候开始，长大了，学着理解包容对方。我想告诉他，我变了，不再任性，学会了做饭，不再容易发脾气，却没了联系他的勇气。想要回头去找他，却害怕我们再也回不到过去。

他给我发《南京爱情故事》的视频，是两个情侣经历很多分分合合终于结婚了的故事。我明白他的意思，后来发生很多事，他来北京找我，他说在他的心里，我是他的公主，他觉得只有他能对我好，别人，他都不放心，说得那么真诚，眼里却多了很多其他的东西，也许是亲情？那时候对他更多的感觉，变为亲人，我们彼此诉说分开之后发生的事情，讲他的那个女朋友，我说我的男朋友，好像多年不见的老朋友一样。走的时候，他说让我抱抱你，感觉像是被哥哥拥抱着，踏实而已，却少了心动。不知道是时间太久，还是怎么了。那个感觉，就造就了最终我不敢再去回头的后果。他说毕业来北京找我，我却在他毕业前有了新的感情。

6

我不知道我们是怎么了。彼此爱着却要一次次地错过。他结婚是在知道我有新感情后的不久。我不知道是不是有这个原因，也不敢去知道了。

本不想写下来，却看到他在人人网上写：虽然最后没有在一起，但是能遇见你，是我所有青春岁月里最美好的事。于是决定写下来，文字真的是不完整的容器，所以承载的，注定也是我不完整的记忆，有些东西没有写，不代表我忘记了，就像他说的，遇见他，也是我青春岁月里，最美好的事。

七年时间太久，感情已经融入血液，刻入骨髓了，所以永远都不会忘记，在青春年少任性无知的岁月里，有那么一个人，爱我，包容我，也被我任性地爱过，伤害过。有个词叫作相见恨晚，我想说，我和他，相见恨早，倘若有可能，我愿意再过一次此生，而不要那么早地遇到他，而是要在褪去无知任性青涩之后，再遇到他，然后谈一场平平淡淡的恋爱，为他盘起长发，做他最美丽的新娘。

　　谨以此文纪念我们的感情，祝福他，也祝福我自己。

/ 穿越人海，与你相拥相爱 /

年少的时候，不懂爱情，以为爱一个人就是要耗尽所有体力花尽所有心思。每一次吵架，有分歧，都要大吵大闹，直到歇斯底里彼此都觉得累了，倦了。再加上那时年少，于是任性、赌气，都可能结束一段感情。再有就是，有人说，年少时期的爱情，都只是爱自己。所以好多时候，感到委屈，觉得凭什么我要忍受你这样，分手吧，日后会遇到一个懂我宠我爱我的人，于是轻易放弃一段感情。可过了几年后，再恋爱，发现少了一份想要在一起的冲动，而多了一份"我和他在一起很合适"的理由。于是分手恋爱，恋爱分手，直到有天发现，这样的爱情不是自己想要的，一辈子那么长，只是单纯靠合适就在一起，日子太难熬，于是自己一个人过，走走停停，活在自己的小世界里。

又过了一段时间，遇到一个人，你发现自己的内心不知道从什么时候开始，又变得柔软了。和他在一起，你不需要掩饰什么，开心就笑得露出满口牙也不怕，难过的时候，也会确确实实地感到胸口一阵痛，心也在抽搐，你自问，这是怎么了？是爱情吗？原来长大之后，还是拥有爱与被爱的能力，回想自己曾经多少次自嘲说已经爱无能，而此时的笑和痛，又提醒着你，你爱他。

当下的爱情已经不比年少时的爱情来得纯真浪漫，你们不再需要花很长的时间去试探彼此，也不需要用很长的时间去打动彼此，甚至免去了小惊喜，省去了追求的步骤，直接跳过一切，在一起了。不会再像年少时那样花费心思去想一个独一无二的昵称，而是随便想一个称呼，只因为是他喊出来的，就变得独一无二。出去逛街有车他总能适时地把你拉到怀里，却不会在很多人的面前演出只为求你感动蹲下给你系鞋带的烂大街戏码，那些小动作，都变成了由心而发，而不是刻意为之。虽然少了当初那份纯真浪漫，但是你却惊讶地发现，你很享受当下的这种踏实与平淡。

　　你依然任性，去海边吵闹着要他扛起你，在地铁里依偎着的时候小声说求抱抱，分开的时候习惯性地亲吻作别。相比年少，也变得更加容忍有担当，明白了未来的路，你们既是恋人，又是合作伙伴，生活中那么多的事，并不是所有都要靠男人来完成，于是某些方面变得强势变得专业，以至于有时候解决问题，是你带着他去，他参与就好。而这些事其实细想下来，即使是你在领导，他在参与，你也很开心，因为你明白，这些没有你不行，没有他更完不成，而他也从心里感谢你。你开玩笑说你们都是强者，强强联合，生活才会更有质量。

　　你们一起期待未来生活，你说我想要一套超棒的家庭影院，他说没问题啊。你们一起幻想未来，他的计划里有你，而你的计划里，也有他。出去办事，平时生活，都坚持一荣俱荣一损俱损的原则。偶尔吵架，但是都能很快冷静，彼此耐心去解决问题。也会哭，但是每次一方哭了，另一个就会心疼，变得柔软起来，说好了都是我不对，这个我错了我不对，也不再像年少的时候那样，只是为了道歉而认错，而是仔细想为何对方会这么难过，以后一定避免。

你说我好想要一只大狗，他说能养只小的吗？你说小的太没劲了，大的才有意思。后来偶然的机会，你们真的养了一只狗。名字是你们一起起的，有着特有的意义。你做饭，他逗狗，他看着小狗一扭一扭地走过来，只见他眉毛弯下来，嘴角上扬，一脸孩子气地蹲在地上说，真好玩。那一刻你感觉心都要化了，不是狗狗太萌，而是面前的这个男人，总能让你很意外，会突然觉得，原来这个大男生，骨子里，也有很小孩的一面。

他给你他能力范围内的所有，你也做到最大限度地包容。你跟他说你知道吗？我爱你的时候，想要给你写N多字的情书，而你惹我的时候，我又想要你写N+M多字的检讨。后来想想，爱情可不就是这副模样，纠结着爱与恨，伴随着笑声与泪水。

慢慢地融入彼此的生活圈子，朋友圈子、家庭圈子，你们非常确定，吵架是正常的，因为彼此相爱所以吵架总也吵不散，但是也理智地告诉自己，为了不让对方难过，要有更多的耐心，要多去包容和忍让。未来的路还远，生活压力很大，你们都不怕，因为你们坚信，在一起，没什么不能解决的。

　　我始终相信缘分，相信爱情，经历那么多之后，遇到一个人，反而会更加相信爱情，更加懂得珍惜。我和他说，其实爱人，就像家人，家人也有这样那样的缺点，有时候我们会生气，会讨厌，但是到最后，都会化解，因为那是家人。男女朋友也是一样，成熟之后，相爱了，选择了彼此，就要认真对待，即使有不满，也要说出来，让对方改进变得更好，而不是轻易放弃，因为这是未来的家人。经历那么多，现在终于遇到，就觉得，是不是上天的安排，让大家彼此分开各自过之前的生活走之前的路，经历之前所有种种，长大变成熟，然后穿越重重人海，与这个对的人，在对的时间，相拥，相爱。

　　此文写给我自己，也写给所有曾经失去爱、现在依然相信爱的你们。

　　写于七夕过后的第一个下雨天。

/ 如果再见不能红着眼，
是否还能红着脸 /

1月12日的《康熙来了》跟过去任何一期都不同，因为小S的旧恋人黄子佼来了。小S一直都是我很喜欢的主持人，她敢爱敢恨敢说敢闹的个性也让她事业有成，情路也越走越顺，并且现在有了幸福的家庭。因为关注小S，所以对她和黄子佼的爱情故事也多少有些耳闻。

节目开始的时候，蔡康永照顾小S情绪，安排她背对嘉宾出场的地方，黄子佼出场后，小S情绪明显起伏很大，并在后来控制不住地哭了，她承认自己输了，承认自己先哭，她在转身面对黄子佼的时候，问蔡康永她的假睫毛掉了吗，是否还足够漂亮。那一刻有些心疼她，也能理解她，即使是面对曾经的旧爱，也希望自己还是当年热恋时对方眼里最完美的自己。最让我感动的一刻，是她们握手言和，小S脸上的表情很复杂，是面对初恋的害羞？是见到劈腿旧情人的尴尬？我理解的是，众多情绪中，更多是放下所有怨恨握手言和的欣喜。后来小S红着双眼说："我无意伤害任何人，没有想到后坐力这么强，这件事情造成我很大的纠结。"她再次哽咽地跟黄子佼说："对你造成的伤害，我很抱歉。"黄子佼此时已哭到隐形眼镜都掉了。

突然想起《匆匆那年》主题曲里唱的：如果过去还值得眷恋，别太快冰释前嫌，谁甘心就这样，彼此无挂也无牵。我们要互相亏欠，要不然凭何怀缅。当然，当年因为冲动因为愤怒因为难过做的那些错事，在当时看来，并不是为了日后有怀缅的理由，而是因为，情之深，恨之切。

"匆匆那年我们，一时匆忙撂下，难以承受的诺言，只有等别人兑现。"歌词唱出了所有和当年挚爱分手的人的心声吧？彼时初尝爱情，也初涉人世，经历得太少，想做的想要的又太多，以至于在青春里，因为各种各样的诱惑，最初的恋人，最终还是走散了。

小S还说，刚分手的时候，真是恨他恨得要死，甚至联合了自己和姐姐的好朋友一起孤立控诉黄子佼，也对黄子佼造成了很不好的影响，但是在事情过去多年以后，小S开始意识到，其实不该因为分手就全盘否定黄子佼这个人，毕竟两个人真心相爱过。在一起的时候，黄子佼曾经在不怎么富裕的情况下，还请她们全家去旅行，一路上他对她们全家的悉心照顾，她现在都还感动，并且她在回忆起她们恋爱时的往事时，觉得黄子佼其实是一个很不错的人，只是分手之后，这些美好，就全部被恨冲淡了，这其实是不应该的。

小S说这话的时候，带着诚恳，并一直感慨真好，且表示在节目里哭，也并非因为想起当时分手的事难过，而是感动于大家的成长。我想起了我身边的一个朋友，她和她男朋友在一起两年多，最终还是因为彼此不够成熟，遇到问题的时候不懂如何解决，分手了。分手以后我的朋友一直情绪低落，难过，并且一直控诉说男生不够好，为何这么容易就放手，结果是在不久后，男生结婚了！朋友跟我哭诉说，那个男生和现在结婚的对象认识的时间还没半年，为什么这么快就忘记她了，我心疼她，但感觉爱情就是这样，也许有的人在一起十年，都不一定能走进婚姻殿堂，而有些人，仅仅认识几天，就能确定对方是要相守一生的人。我劝朋友说算了吧，分手就要记得他的好，然后坚强地做自己，等真的对的那个人出现，而非每天愁眉苦脸到处跟朋友说他的坏话，有时候这并不能于他的形象有损，而是把自己的形象弄得很卑微很不堪。后来过了几个月吧，朋友给我发信息："今天我去办事，晚上回来的时候，路过他的小区，亮着灯，那个灯光的颜色，就是我当初选的那种暖暖的橙色，想必她们结婚，连壁纸都没有换，应该也是我之前选好的那些。不过这一刻，我心里很平静，更多的是对他的祝福。刚分手的时候有恨，是因为还爱着，现在放下了，感觉很轻松，放过他也算是放过自己。我会记得他的好，继续往前走。"那一刻我也想说真好，我们都长大了。

所有和初恋、和旧爱分手的我们，最终都会像小S和黄子佼一样，分开以后走向不同的人生，遇见许多的人，再恋爱，再难过，最终成长变成熟，遇到一个同样经历许多的成熟的人，相爱相守，组建自己的家庭。这个人也许不会给你旧时光里轰轰烈烈的爱情，却可以在你需要的时候，随时出现，陪伴你，让你有最暖心的安全感，用行动告诉你陪伴是最长情的告白，相守是最温暖的承诺。

也许有一天我们也会如同小S那样，遇见旧爱。我想经历许多长大变成熟后的我们，也会如同小S一样，无论和旧爱之间有什么仇有什么怨，都会在时间的帮助下，冰释前嫌，只记得当年的那些美好，也会很大方地和他微笑握手。

最后，为小S点赞，为爱情点赞，为世间最好的良药——时间，点赞。

/ 恋爱结婚要学会相融相通 /

一个高中闺密找我倾诉，十一刚订完婚，现在就恐婚了，因为感觉自己不再那么自由，总需要考虑很多，被限制，这些吐槽和控诉，主要来自于经济方面。

她和男朋友G订婚的时候就说好了，不买房，就住家里现在盖的二层小楼，不买车，就开现在G有的那个大众。婆家给10万的衣服首饰钱，婚纱照和衣服、首饰、家具家电都从这里出，男方就不再给买其他了。

她和男朋友目前的矛盾在，她看上一个两万的钻戒，男朋友觉得现阶段需要钱的地方很多，不该买那么贵的，然后iPhone6上市了，她又想要iPhone6，她说用自己的钱买，只是跟他说一声，但G说现在有手机，买新的不值得，而且马上要结婚不论是谁的钱，都该考虑考虑再买。

我闺密就不乐意了，说他根本不懂我，也对我不好，负面情绪爆棚的情况下，她开始控诉。我听完，我问，你俩家具买完了吗？她说没有呢，我说你有做过这笔钱的预算吗？她说没有，之前觉得怎么也够花了，但是去看家电的时候才发现物价那么贵，我说你有计算下全部花下来能剩余多少吗？她说没有。我说那就是你的不对，如果是我，我会去看下所有我要买的东西，然后计算总共需要多少钱，剩余得多， 我就买那个两万的钻戒，没有剩余甚至需要我补，那还买什么钻戒？G不是那种特别小气的人，一定是害怕如果买了这个，以后买家电不够花。

过了会儿她问我是不是自己太自私了，我说不是自私，是还没学会过两个人的生活。两个人在一起，就是一个整体，一荣俱荣一损俱损，单身恋爱的时候，可以想要什么买什么，不必考虑那么多，而恋爱结婚阶段就要两个人商量，因为未来的生活是现实的。你有你想买的，他也有他想买的，得分优先级，对两个人都有好处，或者对任何一方特别重要特别需要的，那就果断下手，如果是无所谓的那种，那就要再三考虑是否该买，而不是在对方不同意买的时候抱怨。

她说还是好委屈，想抱着自己的爸爸哭一场，还要边哭边说再没有男人像你对我这样好了。我笑她无病呻吟，婚都订了，有两个男人一起宠你岂不是更好。我说我一直觉得我爸的使命是守护我妈，而非守护我，把我养这么大不容易，我再不会像小时候那样跟我妈争风吃醋因为我爸只给我妈夹菜没给我而大哭，而是庆幸有我爸守护着我妈，而我呢，也有了守护我的男朋友。闺密呢，也该好好过现在的生活，有问题及时解决，互相理解互相支持，而非遇到点事就找爸爸大哭。

也要给恋爱阶段的姑娘们说一句，适当地作可以，但是也要学会站在两个人的立场想问题，你想要什么，可以讲出来，但是那个东西如果现阶段负担不起，那就放弃，那个男人如果真的爱你，会因为你的放弃而更加喜欢你，觉得自己捡了个宝，日后有钱了，也会记着你的好补给你。

还有一个闺密跟我抱怨，昨天夜里本来就不大舒服，结果大半夜还被电话吵醒，一个朋友跟她抱怨感情问题抱怨了三个多小时。A是她的同学，长相一般但是家世不错，父母都是高级公务员，父亲还是一个很有权势的高官，A这几年一直认真读书，25了还没谈过恋爱，直到父母介绍了生意大亨刚留学归国的儿子B，A和B相处得还不错，B大概是因为人长得帅又多金，身边总有些小姑娘围着，这导致A的不满。并且A经常在看了什么电视剧或看到空间朋友圈别人晒恩爱之后就忍不住想为什么B没有用同样浪漫的方式对她好，时间久了她总觉得B对她不上心。而局外人是看得最清楚的，同事说B对她很好，虽然花的可能不是自己的钱，但却经常给她买礼物，也不随便跟那些小姑娘们聊天。最后我们一致认为是A不成熟，并且想要得太多。

几年前吧，空间里疯转的一个段子说爱一个人，就给他他想要的，而不是你想给的。然后例举了别人需要的是梨子，而你能给的是苹果，所以注定走不到一起，后来又看到一个说法，乌鸦请小狗吃虫子是好心，但就因为你是好心，小狗就必须吃虫子，不吃就是"不识好人心"吗？几年前的我，也转载了这篇日志，并且还专门私信了几个朋友去围观表示我认同这个看法，而长大变成熟之后的今天再看这个说法，突然有点鄙视当初的自己。当别人把自己最好的东西拿给你，你不领情，还要矫情地叫嚷着说别人不懂自己。

我想每个人都有着不同的性格和脾气，每个人表达爱的方式也不同。有些人喜欢用嘴说，我爱你我想你经常挂在嘴边上，甜言蜜语说不停，而有些人是连我喜欢你说出来都会结巴脸红，却喜欢默默地付出，又有些人是既不甜言蜜语，也不会在生活中制造小惊喜，而这些年陪你哭陪你笑的人却偏偏就是这个不懂浪漫的他。这些人都可能是身边最爱你的人，你在看到别人晒七夕礼物的时候，可能会想为什么我的他就没别人的男朋友这么浪漫，甚至连情人节快乐都没有说，但他却能在自己不富裕的情况下，买下你随口一提的东西给你。在你抱怨身边的他不如闺密的男朋友会说话的时候，可能忽略了每次不舒服都细心把你照顾的他。

我一直觉得，成熟之后的恋爱，不需要追追赶赶，躲躲藏藏，喜欢就是喜欢，不喜欢的人，你送我一千朵玫瑰我也不理你，喜欢的人，不浪漫不送礼物我也跟你在一起。相信大多数人都是这样的，当你选择了他，就要学会体会他对你的好，而不是要求他像其他人一样，甚至是奢求他制造韩剧里的浪漫情节。当羡慕别人的时候，想一想你当初为何选择他，这些年他又是如何待你的，这样一定会找到他的好，独一无二的好。我也曾有过这样的经历，而成熟以后感觉不是对方对自己不好，而是自己都没有用心去感受那些好。而那些被对方控诉你对我不好，你给我的都不是我想要的，你爱我就该给我想要的而不是你想给的人，需要你坐下来跟他讲讲道理，因为当你拼尽全力去满足对方想要的，慢慢地你会迷失你自己，而后总有一天，你会发现他想要的越来越多，你越来越满足不了，并且在这个过程中你不断地付出他不断地索取，最终你们会因为一方的疲惫不堪而放弃这段感情。

/ 幸福其实都是自己给的 /

在论坛里聊起谈恋爱的感觉，林白与蜗牛说："就是感觉做什么事情都有了坚强的后盾，我可以随心所欲做我自己想做的事情。"我感慨她也是一个幸福的姑娘，她说："很多时候，幸福其实都是自己给的。"

我很赞同这句话，我一直都相信吸引力法则，你是什么样的人，就会吸引到什么样的人。林白与蜗牛有着幸福快乐的简单生活，想必也一定是因为她自身就很好。我身边有很多人羡慕别人有着丰富多彩的高质量生活，常常抱怨命运不公，而从来都不会从自身找问题。

我有个大学同学，她说自己毕业两年半，现在除了余额宝有几千块钱，没有其他任何存款，也不知道钱都花在哪里了，也想要学习理财，无奈看到数字就心烦，毕业到现在辗转了几个城市，换了几份工作，现在月薪不高，跟男朋友蜗居在深圳，两个人对未来都没有什么计划，问我要如何改变现状。她说毕业两年半，我们之间的差距就拉开了，总感觉别人生活得丰富多彩，自己却被生活搞得身心疲惫。

现在的社会浮躁，越来越少的人可以静下心来做一件事。但依然有那么多人在不断充电不断学习，包括我自己。我猜大多数人现在的学习，除了娱乐，都是有利益驱动的。考研是为了提升学历升职加薪，学车是为了以后出门方便，了解购车流程和选车方法是为了买车不被坑，看公积金也是因为会遇到现实问题。而理财，对我来说，就是为了未来不仅能掌控好自己的经济，还能把自己的小家打理好。我说买攒钱助手的时候男朋友也打过一笔钱赞助，站里有MM私信我问如何才能让自己男朋友也这么做，包括身边的朋友也是一样，喜欢在看到大家晒什么的时候要求自己的男朋友也照做，我觉得大可不必，一方面是大家情况不同，情侣相处模式不同，另一方面，有些人连银行降息都不知道，还吵着闹着说要掌管男朋友的工资。

就拿工资这件事来说，你什么都了解，理财也在行，知道如何规避风险，不会跟风盲目投资，我想男人们是乐意把钱交给自己老婆来支配的，而相反，如果你连政策变动都不知道，看到数字就烦，压根就没想学什么理财，只是想满足自己的控制欲，那男人凭什么把自己的辛苦钱交给你？提要求前，也要学会先审视自己，是否具备了向对方提要求的资格。

站里另一个财密恋恋小琴子说："想当初我男朋友在微信朋友圈里看到单身的我一个人却活得灿烂多彩，乐此不疲，觉得我特别积极向上正能量，心生仰慕就喜欢上俺啦。"所以我一直都觉得，单身的时候能把自己生活过好的人，在恋爱后会更加容易幸福，因为男朋友从来不会是她生活的全部，她的魅力不仅仅在于本身就很优秀，更在于男生有想要和你生活在一起的欲望，认为和你在一起他的生活也会更加丰富多彩，即使恋爱了，也不会每天缠着男生，而是有自己的独立空间。相反，倘若单身的时候你就邋邋遢遢，生活单一，我想也吸引不到什么真正优秀的男生吧？

幸福都是自己给的，当你足够好，定会吸引你身边优秀的人，被他们看到，无论是男朋友，还是朋友，再或是亲戚，想到你就会觉得你是个幸福的姑娘。谁都不愿意每天被当垃圾桶听别人抱怨来抱怨去，谁都更乐意听一些幸福的事，接触幸福的人。其实细心观察你会发现，身边的人都是越积极越幸福，越努力越幸运。

/ 成熟的标志是学会放下 /

早上坐地铁上班，收到闺密的QQ消息："我昨晚做梦了，梦见我去找xx，他和一个女人睡在一起，我一脚踢开门，然后惊醒。今早晨醒来，登录QQ，看到他的婚纱照。他结婚了。"

"我没进空间，只是账号查找看到了照片，也没有打开看，突然特别相信命运。我跟他经历了那么多，分开九个月他就结婚了。"

"还没有我们在一起时间久。"

"你不要安慰我，我没事。没有悲伤也没有难过。就是好突然，来得好快。"

"你不要回复我。我怕你回复了反而戳中了我的内心，让我瞬间凌乱难过。"

"你就静静地看完然后当作没有看到。千万别回复。"

"新娘。"

从始至终我没有说一句话，最后她附带了一张照片，告诉我这是新娘，谈话到这里结束。我没回复，突然想起去年得知初恋结婚，我打电话给她，哭着，含糊不清地，语无伦次地打电话给她，她在电话那头安慰我，声音微颤地跟着我语无伦次。她说这些我突然感到很无力，感觉心疼，但是又改变不了什么。

看她这么难过，我不可能什么都不回复，于是我说："前段时间，我们公司小组聚餐，一个同事说，她结婚前恐婚，天天哭，然后他姐夫就找她谈话，说，其实未来你嫁给谁都一样，过几年之后，男人女人都一样了。她想了想，确实，跟哪个男朋友都吵架，也都有幸福的时候，就不恐婚了，然后就结婚了。人这一生真的太长了，足够让我们遇到各种人，各种事。往上看几年、十几年的人，他们也经历了好多，但是都结婚了，并都过得不错。曾经相爱最后分开的这些人，他们的出现只是为了护送我们走一段，然后真的对的那个人在未来等我们，所以他们不能一直跟着我们了，那样会妨碍我们未来的幸福，所以他们就离开了。作为我们呢，也不能强求别人会一直目送你远去，别人也有自己的生活，所以就，罢了，由他们去吧，到最后真的就是变成了祝福。"

其实我懂她的感受，只是好多话，我说了，她听了，该难受还是会难受，都需要一个过程，曾爱过的人结婚就好像是对方亲手给一段感情画上了句号，这个句号是不容改变的铁铮铮的事实，即使早就分开了，早以为放弃了，听到对方结婚这个事实，只要是真爱过，还是会有钻心地痛吧。但是过去真的就是过去了，对自己好，过好现在的生活，珍惜现在的人和事，才能对得起自己。

下午她情绪好了很多，找我聊天，我说："其实这些年我们都在恋爱，都免不了受伤害，只是到最后，你会发现，那些成长的伤痛都变成了铠甲，谁都伤不到我了。"

有时候觉得，生命中出现的任何事，都是有意义的。经历得多了，再遇到伤心难过的事，就不会觉得消极，觉得天塌了，而是会积极应对，并觉得，很好，又是一次历练自己的机会，以后遇到，就知道怎么做了，而这些难过的时刻，都会变成最有价值的铠甲，保护自己在未来的路上，越走越远，不受伤害。

碰巧前几天看到一篇文章，大概是说周董要结婚了，最终是跟昆凌在一起，前两任女朋友都不差，相貌事业都很好，但是最终没修成正果，网上一时间讨论不断，各大网站开始推出《细数周杰伦情史》《看昆凌如何搞定男神》之类的技术性攻略，其实并不是昆凌有多厉害，而是她出现的时间刚刚好。

确实，周杰伦和前两任女朋友在一起的时候，年轻气盛，可能玩心比较大，不会想着结婚生子，而历经很多事之后，周董终于想要结婚养孩子过稳定的家庭生活了，刚巧这个时候昆凌出现了。所以说相遇得早不如相遇得巧，不然你只能是陪伴他走过青葱岁月，留下一段刻骨铭心或是痛彻心扉的恋爱回忆。

看完整篇文章不免想要动手点赞，因为一路走来我也特别认可这个观点。恋爱这件事，除非你是初恋一直走到老，否则都会有这样那样无法挽回的锥心之痛。但与初恋走到底的例子少之又少，我身边的朋友，甚至加上她理财的财密，我知道的和初恋结婚的，不超过5对，而大多数人都是有过前任的。十八九岁的时候遇到，初尝爱情，以为牵了手就会一生一世了，结果经历分分合合，最终在青春里走散了。N年之后恋爱分手，分手恋爱，最终相守的那个人，却是陪别人走青春的，而当年陪在你身边的那个他，也可能早已成为她人夫。去年初恋结婚，哭了个昏天暗地才觉得舒服些，那一刻我觉得我俩都是，在一起的时候我不够优秀，分开以后我成长了，会做饭，爱生活，又上进又顾家，想着这么好的我应该是他陪在身边才是，而他也是我培养出来的一棵树，却给别人乘凉去了。

后来遇到现在的男朋友，感觉又找到了一棵大树。说来好笑，刚交往不久的时候，他前女友打电话来纠缠不休，大概意思是她什么都不做，就是不想断联系（其实她是想要求复合），那我肯定不乐意，我的树，其他任何人都别想来乘凉，看看也不行。三五个电话打回去，义正词严地告诉她，不要再联系，并耐心讲了我的故事给她听，大概意思就是你当年为这个男人所做的一切，以及你给予他能够让他成长的伤害，都是为了如今的我能坐享其成，而我也为别人培养了这样一个男人，你的树不在这里，去其他地方找吧，别耽误工夫，我俩忙着幸福忙着秀恩爱真没空搭理你。男朋友也表示过去就过去了，不想提起过去的往事，早不爱她了，身边有我，不想我难过，想要断个干净利落。结果就是那姑娘跟我哭了几个回合之后，去找别的树了。而男朋友很自觉地换了一切联系方式，彻底与她断了联系。

回头看看，越来越发现恋爱这件事，就是前任种树后任乘凉，但是有句话说得好，该干嘛的时候就干嘛，18岁该初恋的时候一定要初恋，初恋这件事，晚了就来不及了。任性分手之后该难过就难过，也别说什么我感觉我以后都不会再爱了的矫情话，因为人这一辈子太长了，你总会遇到新的人，再恋爱，再小鹿乱撞，再脸红心跳再没羞没臊，然后经过沉淀之后，最终找到那个可以相守一生的人。当你看到当年你培养的那棵树底下有其他人乘凉了，祝福他，别去打扰，因为那已经不属于你了。当然，日后遇到真的对的人，也要珍惜别人为你培养的这棵树，毕竟相遇不容易，也要感谢他的前任，他会哄你开心，生病会细心照顾你，都是因为他前任赔上自己的青春为你培养了这么一棵贴心的树。

当你的初恋，或是EX结婚了，难过一下下就好，不要肆意放纵自己的负面情绪，那样会夸大曾经的那个人带给你的伤心和痛苦，其实没什么大不了的，就像我曾经说的，过去的任何人或事，都是为现在和未来服务的，他们结婚了，正说明他们护送你的任务完成了，而你也就恰好排除了一个错误的人，继续向前，珍惜你眼前的人，或是勇敢大步向前，去迎上在未来会和你相遇的那个，对的人。

/ 有种爱，润物细无声 /

"遇见苏梦之前，我一直以为，除了A，我这一生不会再爱上其他任何一个人。"Z找我聊天的时候，我正忙着写稿子，本打算寒暄几句就送走他，结果因为这个让人想要听下去的故事开头，我决定放下笔记本，给他冲杯红茶继续慢慢聊。

Z是我的大学同学，他是学校学生会外联社的社长，认识很多人，每一年的招新，都会认识很多学弟，也会有很多慕名而来的学妹。按照常理，我和他不会有什么人生交集，可偏偏我们是一个县的，大学同学都来自五湖四海，遇到一个省的就称老乡了，遇到一个县的，就更亲上加亲了，于是那时候无论是开学还是放假，每次我们都一起走。因为是老乡，也就免不了平时互相照顾，于是我和Z也就越来越熟悉了。那时候我的男朋友是高中认识的，而Z，有一个小他一届的女朋友，也就是A。A不漂亮，却单纯可爱，那时候Z提起A，嘴角总是忍不住上扬，听他对A最多的描述就是，A啊，就是一个小孩，像我闺女一样，总让人有保护欲望。A我见过很多次，也很熟悉，小鸟依人的感觉，喜欢Z，也依赖Z，很多时候我真的会有种错觉，就是A是Z的女儿，而非女朋友。A到期末考试的时候，需要Z陪着一起画重点去突击考点，丢了身份证需要Z帮忙发邮件给学校有关部门办理，总之大学时期的A，像是没了Z活不了，而Z，也着实享受这种被需要被依靠的感觉。

大学毕业以后，我和Z都到北京工作，而A还在学校上学，一年异地恋之后，A毕业，来北京实习三个月，期间Z想要去看她，她却一直说自己很忙。Z跟我哭诉说再忙，也总是要吃饭的，可她连吃饭的时间都不肯跟他一起。Z问我，你说她是不是变了？我说别瞎想，刚毕业，实习肯定很忙，再等等吧。一等等了三个月，三个月以后，A去广州工作，并表示不会再回北京了。那时候Z已经拿到了北京户口，所以理论上也不会离开北京。Z当时跟我说，半年，半年以后，我去找她。结果是A去广州一个月，就告诉Z她有了新的男朋友，并感谢Z大学时期对自己的照顾，说异地恋太辛苦了，还是身边的现实一些。Z失恋的时候，跟我哭了好久，那也是我第一次见他哭。后来他整个人就变得很冷了，他说他不再相信爱情了，再也不会对一个女人这样好。朋友怎么劝都没有用，他整个人都很消沉，直到去年五月份，听说他又恋爱了，女友就是他现在嘴里说的苏梦。

　　苏梦是Z相亲认识的女孩，Z一直都说，相亲认识的，无非就是恋爱结婚，恋爱的过程，也不可能给对方交付真心。见苏梦的那天，Z甚至连头发都两个月没修整过了。见面的那天，他们约在国贸的一家咖啡厅，苏梦穿着粉色的外套，背着一个暗棕色的双肩背。见面的时候，Z正窝坐在咖啡厅的座椅里看着一本破皮的杂志，苏梦走过去浅笑，伸出手说，你好，我是苏梦。Z眼睛都没抬一下，把杂志放到桌上说，请坐吧。仍旧是苏梦先开口："我本人讨厌相亲，因为我觉得相亲对象都是被剩下的。"说完挑衅地看了一眼Z，Z哪里忍得了这样的调侃，立马坐直说："谁说的，我是没有喜欢的姑娘。"

苏梦笑："既然来相亲，那就按照相亲的流程来吧，say you say me。"Z看到苏梦这么直接，有点来了兴趣，于是他们用了两个小时的时间，把各自的情况，从小到大该讲的不该讲的故事，都讲了一遍，最后苏梦说："我前男友出国了，所以我们分手，你前女友喜欢上别人，所以你失恋，说来我们也算是同病相怜。如果你愿意，我们做六个月的情侣。"还没等Z开口，苏梦继续说，"你听我说完，我妈近期催我催得紧，如果不是万不得已，我不会提出这么无厘头的请求，生活不是电视剧，不会按照我们想要的剧本去发展。所以你想好，六个月的时间，我们按照情侣的模式去相处，如果六个月以后，我们爱上对方，就在一起，如果没有，好聚好散。"Z想着自己正处于失恋的痛苦之中，来个送上门的，何不接招，还能缓和一下自己的失恋心情，于是Z说："可以，但是有一点，我刚失恋，我得说实话，我还没忘记她，如果你不怕我伤害到你，我们就开始。"苏梦站起身，走过去伸出手说："钱包给我。"Z不明白，却也没拒绝，就拿出钱包递给了他。苏梦打开自己的钱包，拿出一张照片，放进了Z的钱包，说："照片这个位置，从现在开始，是我的。未来如果分开，记得把照片还给我。既然做情侣，就要有情侣的样子。"Z越发觉得面前这个女人很好玩，于是应了下来。

接下来的接触，两个人真的全身心地投入。周末的时候，Z会约苏梦出来玩，苏梦也会做一些自己的拿手菜给Z吃，Z曾经跟我说，A从来都是一个只会伸手的姑娘，大学期间恋爱，他从未想要跟A索取什么，只觉得A是自己女儿一样，只想单方面付出，看她开心，自己就幸福，而后被苏梦那样温柔地对待，自己有种说不出的感觉，可就是没法爱起来。

接触的时间久了，Z开始觉得，自己晚上睡觉前，想得更多的，开始变成苏梦，而A，也渐渐淡出自己的生活。Z开始变得越来越喜欢跟苏梦讲自己家的事，Z处理不好的家务事，苏梦都会掰开揉碎地给Z讲道理，让他这样处理，那样解决，慢慢地，Z发现自己在苏梦面前，变得像个孩子。Z说，跟苏梦在一起，也不全像孩子，偶尔也像哥哥。比如有一次，苏梦在厨房做鱼，鱼是去头去尾的，苏梦在做的时候，鱼身突然蹦了一下，苏梦吓得哇哇大哭，Z跑过去，苏梦就钻到他怀里哭，说鱼明明死了为何还能动！Z就边抚摸苏梦的头发边解释说鱼是无脊椎动物，即使无头无尾，触碰了它的神经，它还是会动的，没事了，有他在。苏梦就慢慢安静下来。

在Z的描述里，苏梦大多时候是坚强的，很少闹，很少哭，理性大于感性。苏梦对Z的家人也很好，可能因为是相亲的吧，所以平时和父母之间的走动也很多，苏梦偶尔会带着水果去Z家，陪Z的妈妈聊聊天，还会定期给Z的爸爸买张一元的茶叶。苏梦的妈妈身体不好，苏梦就给她买了一个足浴盆，让她每天坚持泡脚，偶尔还会晚上来家里突击检查，用Z妈妈的话来说，苏梦像她女儿更多一些。

我们都以为，他们会这样相安无事地过下去，直到结婚。直到有一天，Z的前女友A打电话给Z，哭着说自己分手了，想要和Z和好，和别的男生在一起，分手之后，才知道了Z的好，求Z原谅自己，Z听A哭得梨花带雨，心软了，拿着手机看着苏梦不知道如何是好，苏梦只说了一句，你好好照顾她吧，拿着包就离开了。接下来的几天，Z都找不到苏梦，她电话关机，QQ头像灰着，去她家里找她，苏梦的爸妈说苏梦不在，并且没有告知到底去了哪里。Z找我，除了告诉我这段故事，还想我帮她找到苏梦。我和苏梦的关系，比跟A的关系好，但也不至于好到她离开Z离开这座城市伤心难过的时候会告诉我她在哪里。所以我只能看着Z着急。

Z离开以后，我想了很多，A给Z的，是爱情吗？Z对A，又真的就是爱吗？还是说，根本就是一个男生出于本能，对一个弱小女生本能的保护呢？而苏梦对Z，Z对苏梦，才是爱吧？那种相互扶持，彼此欣赏，都会把对方当孩子的感情，才是润物细无声的爱吧？

一个月后，我接到请帖，是Z寄来的，请帖上写着：5月11日，西什库教堂，见证我们的爱情。终于，Z还是找到了苏梦，关于寻找和挽回苏梦的这段故事，我想并不是重点了，重点是，Z找到苏梦，并告诉她，自己对A的感情，早已停留在大学时期，而和苏梦在一起，他才明白，原来爱情是相互的，他们不要什么六个月的协议，在婚礼上，我听到Z对苏梦说：苏梦，我要你的一辈子，我要用结婚证，换之前的六个月协议，你，愿意吗？苏梦依然浅笑，像第一次见Z一样，缓缓地说，我愿意。

原来，爱情从来都不是单行线。

/ 自卑的人，不配得到好的爱情 /

好的爱情，应该是两个人真心相待，互相扶持，互相包容，互相补充，而非一个人高看另一个人一眼，另一个觉得我配你绰绰有余。收到一个姑娘的邮件，我想很多人都有这个问题，所以整理出来，分享给大家。

收到的邮件：

蓝田你好。看到你的爱情很羡慕，也会觉得不知道自己是否也能有这么一份值得等待的爱情。

我和你一样大，不过还在读研，明年毕业。本科时只有一段30天的短暂恋爱，甚至记忆都模糊了。研一下学期的时候，在豆瓣小组认识了一个人，然后见面几次，很快就确定了关系。现在我们已经分手了几个月了，偶尔有断断续续的联系。我也明白自己对于对方的爱更多，所以总是放不下。有时候有幻觉仿佛他还在身边，可是今天中午在食堂看到几对穿情侣装的恩爱情侣，内心突然疼了一下，终于意识到，他再也不可能回来了，终于意识到分手这个残忍而无奈的事实。

我的学历能力什么的都还不错，自身也是个阳光正能量的文青，可是大概因为150cm的身高和不出众的长相，常常感到有点自卑，所以遇到干净帅气的他总觉得是何等幸运。在一起的时候，一直期待能走到最后，至少自己是非常努力的——带他见朋友，给他画了素描的画像，烈日下跑几个书店给他买参考书……用自己的方式投入地爱着这个人。可是最终我们还是分开了，因为他从未带我见过朋友，也表露出担心父母和朋友对我的身高不满意云云。实际上从奋斗和努力的角度来说，自己大概更突出一点，很多时候是自己在鼓励对方多去尝试不断努力。

爱得多的人，没有发言权，这是我们第一次分手时我告诉他的。过了一个多月因为放不下我们终于又在一起，但两个月后还是因为爱得太累而分开。

之后也有三四个人表达过好感或表白，但接触后总是爱不起来的感觉。有时候会很难过，觉得自己大概再也无法像这一段一样那么用力去爱了吧，大概只要适合就够了。可是也会不甘心，觉得自己从小到大都是那么要强，是个闪闪发亮的姑娘，怎么在感情中那么不顺——即使是自己真的很想去把握的，也抵不过时间的考验。

给你发这封豆邮，是看了那一篇《所谓浪漫》，想到了父母之间的爱情也是随着时间的推移越来越浓，而自己现在的状态却是没有信心获得一份好的爱情。现在每天都在积极运动，希望能瘦一点美一点，可是偶尔又觉得一切都是徒劳，情绪急转直下。我也不清楚自己是想倾诉还是寻求建议，抑或是想通过这种方式把这段过去式的感情梳理一下。不管怎样谢谢你花时间看我的豆邮。

祝好。

我回复的邮件：

浅川你好。

很抱歉现在才回复你。下午公司网站断断续续断了五六次网，烦躁的周一……

说来很巧，我前几天还在整理自己前一段感情中来来回回的邮件，想着如何才能梳理成一篇文章发出来，今天就收到了你的豆邮。

在聊你的故事之前，我先讲下我的故事可好？

2013年差不多现在的这个时间，我遇到一个人，他是北京某大学的硕士研究生，刚毕业，签了北京工行总行的工作，当时就给了北京户口。我那时候是刚毕业第二年的大专生，做的是外贸工作。我们因为兴趣爱好相同，很快走到一起。最初的日子我们都过得很开心，还一起去了奥林匹克森林公园野餐，那次也是他安排的，他是学霸类型，所以在我之前，没有交过任何女朋友，我算他的初恋。恋爱之后他的同学朋友都很欣喜，要求一起吃饭见见我，他怕我感到陌生不好意思，就安排了那次野餐。

　　我以为我会很自然很大方，结果整个野餐的过程我都担心自己做得不够好，担心前去的同学都是研究生，工作、学历都比我高，会看低我。从那次以后，我总觉得自己低他们一等，聊天的时候总是很拘束。他有很多签工行的同学，我们一起吃过一次饭，我现在都还记得当时自己的窘迫模样。大家都在饭桌上很自如地聊着工行的事情，聊技术，聊数学，只有我，默默地扒拉着碗里的米饭，因为拘束，也不敢去够自己喜欢吃的菜。

　　交往过程中，我总是很自卑，他是第一次恋爱，也有很多注意不到的地方，但我都很迁就他。因为我觉得自己不如他。他看过的动漫，我都要自己再去看一遍，因为我害怕我们之间没有共同话题，除了动漫，其他我感觉也追不上他什么。我总是给他买衣服，买礼物，吃饭抢着付钱，希望以此换来我的心理平衡，因为我觉得他和我在一起，是吃亏的。

　　这样的状态久了，我变得对自己不好，却时时刻刻想着他，甚至我生日的时候，他送我的是一个陶瓷娃娃，而我给他买了全套的衣服。时间过去半年，我发觉自己过得并不开心，我原以为我会因为自己男朋友比自己好很多而感到光荣，可我发现我错了，每次吵架，我都是第一个认错的。在我们的爱情里，我感到自己付出了百分之百，而他只付出了百分之几十，甚至更少。后来我们分手了，我提出的，因为我再也不愿让自己以那个状态爱着他。分手的最初和你们一样，也经历过一次和好，可最终还是分开了。他对我说的最后一句话是："以后记得对自己好点。"

再后来我辞职转行，变得越来越自信，又遇到了现在的男朋友，他也是研究生，在新浪微博做大数据，是我崇拜、喜欢、欣赏的男生，但和他在一起，我从来都没有之前的自卑感，我感到我们是平等的，我们一起见同学见朋友，从不感到拘束，我可以跟他说所有我的事情，他也会告诉我所有他的事情，我们除了是恋人，还是彼此最好的朋友。后来我想了下，之前的爱情，不是最好的爱情，现在的才是。因为爱一个人，绝不是百分百不求回报地付出，而是两颗真诚相对的心，生活中也一起学习进步。

我的故事就到这里，后来的爱情，我都写到文章里了，有兴趣的话，可以去看。我现在想说的是，每个女孩子，都不用自卑，最真实的，就是最美的。150cm的身高不算什么，你依然可以笑得很灿烂，失恋了也不算什么，你依然有大把的机会遇到好男人，可怕的不是现有状态，可怕的是你那觉得无论如何改变，一切都是徒劳的想法。退一万步讲，150cm的身高你已经改变不了，其他方面若再不如别人，那用什么去跟其他姑娘拼？换成以前，我会说我羡慕你的学历，现在一点都不。因为我是独一无二的，我有我的骄傲。你能懂吗？你也应该有自己的骄傲，有自己与众不同的地方，有其他所有姑娘都比不了的地方，而不是仅仅局限于自己的身高。

我从上一段爱情中得出的结论就是，自卑的人，不配有好的爱情。当你足够阳光，足够强大，那个对的人，自然会穿越人海看到你。祝好。

另，我在你的相册里，看到了你画的铅笔画，画得好看，相信你有你自己的特色和优点，只是现在，被你的自卑心理，全部覆盖掉了。

/ 相遇是万里挑一，希望最后是你 /

财密Betsy近期因为和男朋友的感情问题，在情感小组连着发了两次帖表达自己对这段感情的担忧，看完除了心疼她，最想做的，就是把自己的经历写出来，给她分享，希望她也会在一次次与男友的争吵与分歧中学着长大，最终得到那份属于自己的幸福。

我和二哥交往大概两个月的时候，开始进入磨合期，包括现在我们感情稳定了，依然偶尔会吵个架斗个嘴。我想聊的是，我们彼此的变化。

　　在交往最初，我们就对这份感情的归宿有了共识：为了结婚。我们都不再是小孩子，不再是十八九岁年纪，可以只恋爱不考虑结婚，现在必须带着结婚的目的去恋爱。所以我们约定，遇到问题，解决问题，不轻言放弃。

　　但交往的过程中出现的问题往往出乎你的意料。二哥最初是遇到问题就沉默，能拖一天是一天，从来不主动解决，我主动解决，他依然是拖拖拉拉，极不配合。于是我就像教育小学生那样，一遍一遍地给他讲道理，问他，你是想分开，还是想解决，他告诉我说想要解决，但是一时间不知道该怎么说，怎么解决。我说那我来引导，我们一起解决好吗？他慢慢地，懂得了我的用心，开始改变。交往的前六个月，可能他都处于一遇到问题就想逃避的状态。但我认定他这个人，所以我就不断地给他讲道理，不断地引导他解决。有时候我会说他："你能不能别像一管牙膏一样，别人挤一点你出一点？"现在我们交往快一年了，他学会了主动解决问题，从一开始的不说不做，到现在的主动解决，真的变化很大。我也变得越来越懂得包容忍让。

交往最初我也跟他说过，我们是一个整体，一荣俱荣一损俱损，所以要彼此扶持，在外人面前，维护对方的形象。我们也要像一面镜子，及时照出对方的不足，用心帮对方改正。可能我是文科生吧，所以每次吵架最后都是我赢（能写的人都很会说，哈哈）。我还告诉他，无论是生活中吵架，还是单位里领导批评教育你，或者正常沟通，都要目标明确地讲话，围绕一个主题去讲，道歉不要只道歉，要说解决办法，跟女朋友吵架，哄不能只动嘴，带对方出去吃大餐、订出游机票，都是很好的解决办法（没错，我就是这样），只是简单地说我错了，对方如果生气，是很难接受这样简单的道歉的。跟领导也是一样，做错了事情，不能只说这件事我错了，还要说这件事我马上去解决，用什么方法，什么时间能解决，目的性要够强。时间久了，养成习惯了，他现在遇到问题学会如何更好地解决了。

Betsy说，他男朋友不喜欢她在朋友圈秀恩爱，这个是分人的吧？我男朋友就不反对，他反倒觉得大家在关注我们，比如偶尔我会遇到网友问技术问题，问软件毕业的去向，明显就是写给二哥的，甚至有人会点名说帮忙问下二哥，他就很有成就感，感到自己有很大的价值，像是大家都知道他一样。

关于各自家里的事，Betsy说男朋友不喜欢跟她说家里的事，我这方面比较强势，对二哥的事，我是事无巨细均需上报的要求。因为家里的事目前虽然不用我解决，但是足可以看出家庭是否和睦，家人解决问题的方法，这些我都要在婚前摸清。所以他从一开始就啥都说。

有人说喜欢一个人，就喜欢他的全部，不要妄想去改变他。但我觉得，既然我喜欢你，你也喜欢我，我们以后要在一起一辈子，那我不可能一直忍受你很明显的缺点。我说我们要像彼此的镜子，及时指出对方的不足，以便于对方变得越来越好，我说我们要强强联合，以后的生活才会越来越好。

我90的，男朋友87的，我毕业早，他毕业一年多，所以我常常感到我成熟，很多生活中的事情，需要我领导，他执行。但昨天我突然觉得其实我们是互补的。我爷爷在我家，人老了需要人照顾，我妈为他洗弄脏的衣裤，我第一次见到，一时间有些接受不了，委屈，难过，羞愧于自己的没担当，各种心情纠结在一起，就跟男朋友说了，他给我讲了他爸妈照顾爷爷的故事，说这些都正常，人总会老的，我们以后也会有孩子，老人就是老小孩，以后他来洗，他也相信我慢慢会接受这些事情。我就很感动，感动于他的有担当。那一刻我才知道，原来没有谁比谁更成熟，我们两个，一直都是互补关系。

在一起之后，好像多了一个人和我分享与承担。我说我想要去厦门旅行，他就在情人节订了往返机票，让我感觉很多事从一个人时的说说而已，变成了两个人时的说走就走。春节假期去姥姥家，亲戚都到了，只有在包头和女朋友开店的表弟没回来，大家纷纷表示担心，说也不知道在那边具体怎样。表弟给家里打电话也从不说太多，舅舅家养猪种地也没空去看他，我回来告诉正在查清明出游平遥攻略的二哥，他立马说，我去查到包头的火车，我和你去。那一刻我感到很安心，因为我是独生女，又是亲戚孩子里的老大，所以觉得大家担心没人能去的时候，我应该去看下表弟的情况，好让大家放心，表弟是我的，二哥却能在第一时间没有丝毫犹豫地去查票订票，我就很感动，也因为知道未来有人和我一起承担这些，就很安心。

从开始到现在，我们有过分歧，有过争吵，还哭过闹过，但关系却越来越近了，也越来越认定，对方就是那个我们想要相守一生的人。记得三毛有句话说得很好：因为两个人不是一半一半的，所以结婚以后，双方的棱棱角角，彼此都用沙子耐心磨合着，希望在不久的将来，能够磨出一个式样来，如果真的有那么一天，两个人在很小的家里晃来晃去时，就不会撞痛了彼此。我很喜欢这句话，并且我认为，改变的应该是两个人，而非交往中的其中一个。

春节假期我们各自在家过，他写了一封对2014年感情总结的邮件给我，我摘录其中几段分享给Betsy，希望你能在未来，收获属于自己的幸福。

他说：我给你讲我的理想，是在北京能有自己的立足之地，然后你就周末的时候带我去看房，对于这些，我丝毫不通，也不敢去尝试，而有了你，似乎一切都变得简单。你每次都可以三下五除二地把这些问题解决，让我不费任何力气，让我空洞洞的梦想，有了实现的路。那个时候，我觉得，因为你，生活变得容易，有了你，一切梦想都可以落地为现实。

他说：最初的时候，有事情来了，我首先选择躲避，而不是想办法去解决，最终会越躲越遭，还会怕你生气而隐瞒，最终却越瞒越气。最开始认为，事情没什么，不在意，却忽略了你的感受，导致事情闹大。也正是经过了这些事，我逐渐明白了两个人的真正含义。不会解决问题是我最大的缺点，而我却要瞒着你自己解决。而你，最善于解决问题，却在有问题的时候不知情，错过了第一时间把问题解决的机会。然而，当你指出我的不对的时候，我却叛逆地听不进去，很讨厌这样的自己。直到那一天，我们谈了很久，不光谈到了我们之间的问题，还谈了生活中工作中的问题。我意识到了自己全身的坏毛病。一、明知道自己解决不好，却不懂得及时沟通来解决问题，当被指出缺点时，还想要反驳，表现出来的就是小肚鸡肠，或者完全是一个小孩子脾气。二、说过好多次换位思考，却始终不会，与其说不会，其实就是不会思考，懒得思考，总想别人教该怎么做。三、沟通的时候眼睛逃避，不敢正视。这些缺点，不仅会影响以后的工作，生活，最主要的会影响我们的感情。对不起，原谅我这么多不成熟的地方。同时，我也认为，你让我可以清楚地认识到自己的不足，一遍又一遍耐心地给我讲，我觉得，遇到你是我的幸运，遇到你就一辈子不想再失去。如果没有遇到你，又有谁会愿意一遍一遍地跟我说这些话？

他说：你说过，我们是情侣，因为我们相爱，相恋。我们是彼此的老师，因为我们总是能将自己的一些经验教训教给对方，共同进步。我们是强强联合，做着各自擅长的事情。我们总是可以针对一个话题展开讨论，说出自己不同的观点。同时，我们也会提醒对方，怎样处理某件事合适。我觉得我们是最完美的组合。我的生活经验尚浅，好多事情放在面前并不会处理，你会教我，我大多也会听你的。偶尔犯浑不听你的，最终也是吃亏。所以，以后还是要听你的。工作上，我会对你有一些建议，你也会采纳我的建议。在我面前，当我们手牵手走在大街上，聊着一些甜蜜的话题时，你是我的恋人。当你跟我撒娇任性时，你又是我的孩子。遇到问题，你不厌其烦地给我讲道理，教我怎么做的时候，你亦是我的老师。正是因为你，我的生活变得精彩，让我有进步。

最后，我认为情侣间可以时不时地聊聊彼此的优缺点，甚至可以为了思路清晰写一封邮件给对方，这样会让交往过程更加顺利。于千万人之间遇见，已是不易，之后能相爱相守，更需要彼此付出最大的耐心和真心，才能相互扶持，一直到老。

/ 那些年陪伴我们的人 /

半年前的一个下雨天，琪嘉接到后海一家酒吧的电话，电话那头的店员着急地问是否认识一个叫苏扬的男生，说他喝多了，酒吧要打烊，问琪嘉是否可以过去接他一下，琪嘉应和的同时，听到电话那头苏扬叫嚷的声音：我没喝多！我只是不明白，为什么！为什么她要这么对我！声音中的愤怒远大于悲伤。琪嘉随便穿了一身衣服，拿了个外套，带着包就下了楼。这个时候出租车很难打，于是她直接打给公司司机，问是否能麻烦他过来跑一趟。司机也是个好人，四十多岁，孩子出国了，老婆近期去台湾玩了，刚巧自己在家没事，就直奔琪嘉的小区来接。

　　司机到的时候，琪嘉正在小区的保安室里冻得瑟瑟发抖，见司机来了，立马上车说去后海。司机也不多问，到的时候，苏扬已经醉得没了意识。司机和琪嘉一起把苏扬扶上了车，苏扬跟没了骨头一样半趴在琪嘉的腿上，嘴里依然念叨着最初的那几句话：为什么！为什么她要这么对我！司机从后视镜里看了下后座的情况，笑着问琪嘉："琪嘉小姐，你一直不接受公司James的追求，难道是因为他？"这时候的琪嘉一只手揽着苏扬，笑了笑没说话。望着外面的大雨，琪嘉回想起当年的自己。因为读的是语言大学，所以大学男女比例很不均衡，大学四年，追自己的男生琪嘉都不喜欢，直到大四，她遇到了苏扬。那是一次化装舞会，琪嘉像往日里的小型聚会一样坐在角落里喝她认为可以美容养颜的苹果醋，这时候过来一位很绅士的男生，高挑的身材，面容不能说帅气，但是很清爽，白色的衬衣上面打了一个宝蓝色的领结，很适合今天的舞会。男生对琪嘉伸出手来，问是否有幸一起共舞，琪嘉望着他，刚想答应的时候，就被一个女生抢了先，女生很主动，苏扬没办法，就被当时的女生拉着下了舞池。这个女生，也就是后来苏扬的女朋友。从大四的那次舞会开始，琪嘉就频繁看到苏扬，那时候苏扬是学生会外联社的社长，所以大四很多求职会都会有苏扬的身影。琪嘉越来越频繁地看到苏扬也使得她喜欢上了这个有能力又绅士的阳光大男孩。可事情并没有像琪嘉想的那样发展，苏扬很快就和舞会上比较主动的那个女生在一起了，那时候女生还在外面租了房子，周末他们会邀请好朋友们一起过去开party，琪嘉也是被邀请人之一。琪嘉在客厅和同学们一起玩三国杀，心思却都在厨房，偶尔望过去，会看到苏扬和那个女生正在一起抢着洗菜，苏扬还喜欢用手时不时地帮女生把头发别到耳后，这些小动作，都是琪嘉想过他对自己做的，而现在却不再可能了。从那时候开始，琪嘉就努力忘记苏扬。

毕业以后，原以为苏扬这个人，会随着时间的推移淡出自己的生活，结果却频繁地在朋友圈看到苏扬女朋友抱怨苏扬毕业以后的工作没前途。聚会的时候，苏扬女朋友也会当着大家的面说，公司部门的同事们穿的都是Prada，背着LV，只有自己还在买大学时期就穿的小牌子，说别人的老公男朋友都开着宝马奔驰来接，自己也不知道什么时候才能过上这样的生活。同学里有些人混得比较好的买了车，她就立马换过去坐，娇嗔地说你是在哪里发财，有好的路子也不要忘记带一带我家苏扬啊。

　　大家只当苏扬女朋友是年纪小不懂事，毕业以后一时间看到灯红酒绿的大城市写字楼里早毕业几年的白领们生活比自己富裕太多羡慕罢了，谁知没过多久就传出她和自己上司频繁出入酒店的消息。苏扬和大家一样，开始都不相信，可次数多了，苏扬自己也开始起疑心，有一次一起过周末，苏扬居然在女朋友的包里翻出一张长期房卡。他彻底崩溃了，摔了正在喝水的杯子，大声质问她为什么要这么对他，女生被吓到，却依然理直气壮，说周围人都过上好日子了，你为什么还是这副模样？大学看到你是外联社社长才跟你在一起，谁知道你这么没前途，女生跟男生不一样，我的青春没几年，没时间陪你在这里浪费！早就想提分手只是顾及感情罢了。苏扬呆呆地看着面前这个熟悉的女生，却感觉是那样的陌生。他冷静了几秒钟之后，对女生说，你走吧，我放手了，以后各走各的路，我不会再打扰你。女生拿了包，留下买单钱，转身走了。苏扬看着那几张钱，笑了。

那晚琪嘉照顾了苏扬一晚，到家以后苏扬就喊想吐，还没扶到卫生间苏扬就吐了，琪嘉又继续往前扶了一段路，苏扬趴在马桶上吐个不停，嘴里嚷着我以后都不会再去联系她了，结束了，一切都结束了。琪嘉帮他拍着背说没事的，一切都会好起来的，我在。

琪嘉看着苏扬睡熟的脸，感觉那一刻是如此的有安全感，虽然苏扬从未许诺过什么，但她总觉得，苏扬会是自己的。琪嘉困到不行的时候，拿了毯子出去，睡在了客厅的沙发上。第二天早上醒来，发现苏扬已经走了，桌上留了一个字条，写着：琪嘉，昨天谢谢你，我走了，离开北京去深圳，多保重。

琪嘉放下纸条，缓缓地对着空气说，多保重。那一刻她心里是失落的，她以为苏扬会明白，会放下之前的所有，再次注意到她，而这一切，却依然背离了她的预想。她决定以后的生活，只为自己而活，不再幻想和苏扬那遥不可及的爱情。她没有再联系过苏扬，开始努力地工作，周末都在健身房和室内攀岩俱乐部里度过，偶尔天气好，她会和俱乐部里的队友们一起约出来骑行，身体紧张起来之后，发现心情也越来越好了，同事都说她近一年来的气色明显比去年要好得多。

　　半年后，琪嘉收到一个包裹，打开一看，是一条晚礼服，礼服上面有一张纸条，写着：琪嘉，我能请你跳支舞吗？落款人是：苏扬。她抱着礼服跑着去了距离公司五分钟路程的学校，她还记得，当时舞会的教室是403室，打开门的那一刹那，她看到苏扬站在布置得跟当年一模一样的舞池中央，缓缓地向她伸出手，问：琪嘉，我能请你跳支舞吗？希望一切都还不晚。

　　琪嘉并没有牵住他的手，而是整个人扑过去跟他拥抱在一起，说我愿意！苏扬和琪嘉抱了很久之后，终于放开，苏扬说，琪嘉，对不起，当年我第一次遇到你，就喜欢上了你，可是那时候前女友主动的那种热情使得自己不能拒绝，而后前女友又主动提出交往，苏扬说自己是个不懂拒绝的男生，女生又很可爱，结果在一起最后变成这样，琪嘉还没等他说完，就伸手堵上他的嘴，说，别讲，那些都已经过去了，只要我们在一起，这一切就不晚。

　　一年后，朋友圈里他们晒出了结婚照，两个人都笑得爽朗，苏扬的心情配字写的是：谢谢你琪嘉，因为你，我才知道原来爱一个人，永远都不会太晚。而琪嘉写的是：我们都是孩子，总有一天会长大，我执着，我坚信，都是因为我知道，我会等到属于我的幸福。

　　爱情也许就是这样，对的时间遇到对的人，会成就一段好的姻缘，对的时间，遇到错的人，而对的人也会在这个时间里，相信自己是对的，其他所有人都是错的，并一直执着于自己的幸福，最终，或许也会成全所有人。